想给父亲做一回父亲

云亮 著

中国言实出版社

图书在版编目（CIP）数据

想给父亲做一回父亲 / 云亮著 . — 北京 : 中国言
实出版社 , 2020.6

ISBN 978-7-5171-3467-1

Ⅰ . ①想… Ⅱ . ①云… Ⅲ . ①诗集－中国－当代
Ⅳ . ① I227

中国版本图书馆 CIP 数据核字（2020）第 084097 号

责任编辑　代青霞
责任校对　张国旗

出版发行　中国言实出版社
　　　　　　地　　址：北京市朝阳区北苑路 180 号加利大厦 5 号楼 105 室
　　　　　　邮　　编：100101
　　　　　　编辑部：北京市海淀区花园路 6 号院 B 座 6 层
　　　　　　邮　　编：100088
　　　　　　电　　话：64924853（总编室）　64924716（发行部）
　　　　　　网　　址：www.zgyscbs.cn
　　　　　　E-mail：zgyscbs@263.net

经　　销　新华书店
印　　刷　三河市华东印刷有限公司
版　　次　2020 年 7 月第 1 版　　2020 年 7 月第 1 次印刷
规　　格　650 毫米 ×940 毫米　　1/16　27.75 印张
字　　数　320 千字
定　　价　78.00 元　　ISBN 978-7-5171-3467-1

目录 / Contents

卷一　流苏惹

卷二　做一个安静的人

卷三　只有笑着面对的时候

卷四　与一辆车擦肩而过的三种方式

卷五　祖国

卷六 今生今世

卷七　想给父亲做一回父亲

卷八　深呼吸

卷九　我喜欢这样的夜晚

卷十一　漠地

卷十二　打碎玻璃

卷十三　小小女儿

卷一

流苏惹

枉凝眉

玉兰花开得肆意
如一群蝴蝶蜂拥到树上
风来了又不能飞走
美的东西一旦感到了
沉重就是累的
花比树累。看上去
花被树捧着。事实上
每一朵花都踮着脚尖
踩在树的陡峭处
风一吹，来往路人
都能看出树一门心思
要把花一朵不剩地
甩下来。只是花
紧握树的手死活不肯
松开。玉兰花
开得肆意，却孤单
如果周围其他的树
也陪着早早开花
并在争芳斗艳中掩饰
不住花期苦短的喟叹

玉兰花紧锁的眉头

或许会更舒展一些

桃花曲

看桃花，在城里
和到乡下是不一样的
桃树最大的心愿
是顺顺当当把桃子
结下来。城里人多
桃子留不住
一想到这个桃树就伤心
所以城里的桃花是哭
乡下的桃花才是笑

看桃花，到乡下地头
和去村子也不一样
地里结桃子，是为了
卖钱，像强迫女人
多生孩子一样变着法子
让桃树不堪重负
打农药还得罪了蝴蝶、蜜蜂
躲着飞
桃花笑得当然不开心

记忆中，最好的桃花

是老家村东胡同
一户赵姓人家的桃树
开出的。赵家栽的树
斜长进王家的院子里
桃花一开两家人就红了脸
闹别扭。有一年
两家突然和好了
商定结下桃子都来摘着吃

先是两家的孩子抢着摘
后是两家的孩子让着摘
再后来，两家人藏起手
都不摘。熟透的桃子
噼噼啪啪满地落
桃香和噼啪声把两家
之间的院墙推倒了
村上人赶来看热闹
撞上桃花样的一个好消息：
赵家和王家的两个孩子
定亲了

醉花阴

三月里，总是绕不开
一些与花有关的事
看花，闻花，忍不住
折下一枝，随即后悔
一时冲动做了美的杀手

三月里，沿途的花
都成了拦路虎。用颜色
怒吼。用气味咬人。我们
之所以没有撒腿跑开
是因为我们的魂
早就被吓丢了

三月里，如果非要
逼着我开花
我就开在内心里
不让人看
也不让人闻
独自酿一小杯酒
让其愈久愈醇

探春令

周遭正在变绿
不是一点点
而是一层一层地变
像谁举着把大刷子
倏地一下
人间便换了一副面孔

刷子那么大
举它的肯定更大
最起码得有力气
这么想的时候
我竟听见了吭哧
吭哧的喘息声

久久，望着那些
没有挂绿的部分
一会儿觉得它们
像书画作品的飞白
一会儿又觉得它们
像衣服上的破绽

柳絮飘

被地面接在手里的一瞬
显然是不情愿的。又有
那么多的理由可以飘起来
所以，任何一个自以为
拥有了四月和阳光
就能以缠绵抢占先机的人
都是徒劳的。柳的柔
是天下出了名的。絮是柳
用最柔的口吻说出的话
那些抬头仰望的人
那些满地寻找的人
那些拱起手小心翼翼
把柳絮囚在掌中的人
显然都听见了柳的心声
却不一定听懂。柳絮纷飞
谁能从纷飞的柳絮中
一眼认出柳的绝望
谁才有机会成为情感擂台上
与柳决一高低的人

咏叶子

树的意义全在叶子上
没有叶子，光秃秃的
树干扎得我们心疼
从贫瘠的田埂归来
我们夜夜梦见阳光
梦见阳光缠上手指
在床上，我们温暖地
打一个翻身

还是阳光理解我们
一大早就起来
在树上不知疲倦地
爬上爬下。终于
爬出了效果。终于
把树爬得生动起来
几乎在同一个早晨
我们撞上叶子诞生的消息

以后的日子，我们总想着
出来走走。总想来树下

做一个慈祥的姿势
像探望久别的孩子一样
用亲切的目光抚摸它们
每次见到叶子健康的模样
我们都掩饰不住心头的兴奋

就这样，叶子在我们暖意
的牵挂中，绿绿地拓展出
自己的空间
我们在绿色的天空下
乘凉，避雨，或者做一些
令我们心动的标记
这是叶子对我们的报答
抬头仰望的时刻
叶子会心地一笑
我们便看见了幸福

闻折柳

我爱柳树的披肩发

我爱柳树随风飘摇的俏姿态

我爱柳树月光下的呢喃语

我爱柳树掩面而泣的小悲伤

我爱柳树待字闺中的好脾性

我要娶一棵柳树做新娘

我要挖坑，填土，轻轻踩踏

把一棵柳树栽进我的生活里

我要浇水，陪护，不惜大把地

花费时光给一棵柳树止痛疗伤

我要祈祷，守望，期待，期盼

为一棵柳树的新生欢呼出泪来

我要跋山涉水，风餐露宿，寻江湖卦师

念念有词，屈指掐算我们的完婚日

我要操办酒席，宴请亲朋好友

大吃大喝，猜拳行令，敲锣打鼓

响爆竹燃烟花，让柳树永远忘不下

一生中最喜庆的一天

我要起早睡晚和柳树针头线脑地过日子

我要婆婆妈妈、拖泥带水、耳鬓厮磨

整日里和柳树形影不离的
我要学老家习俗给柳树起上俩名字
一个是乳名，叫柳柳；一个是学名
叫柳小柳
我要教柳树弹琴、下棋、写字、画画
吟诗、作赋，让柳树每片叶子
都多才多艺的，像个百变小爱侠
举手投足都让我脱口喊出"我爱"
两个字

流苏惹

甘泉村没有泉
有树，流苏树

前来看流苏
像是邂逅这辈子
最不应该错过的一个人
那些捏着手机为流苏拍照的
看上去，多像在为这辈子
没有轰轰烈烈地爱过
而扼腕叹息

流苏树下，不迅速
爱上一个女子是有罪的
爱她刻意掩盖的丑
爱她心怀不甘的爱
爱她流苏树一样的流苏

甘泉村看流苏
意料之中的，当然是
又一次错过了这辈子

最不应该错过的那个人
始料未及的，应当是
不由自主带走了
流苏树的另外两个名字：
茶叶树和四月雪

槐花暖

济南的槐花谢了
大连的槐花开得正艳
这让我觉得
有些错过的东西
可以再找回来

走在街上，目光
总是看着满树槐花出神
把槐花看得都觉得
自己不是槐花了

晚上，见到餐桌上的
槐花饼，顿悟
今年还没吃到槐花呢
夹一片细嚼慢咽
像是非要把大连的槐花
吃出点济南味

石榴吟

突然，想活成一株
石榴树。突然想开花
结下一群嘻嘻哈哈的
小石榴。就在龙奥北路
与奥体东路交叉路口
那几棵紫得像哭一样的
紫叶李下，把他们
一天天拉扯大。我不哭
我又不是紫叶李
我是一株石榴树
我的生活就是领着石榴们
嘻嘻哈哈地笑。我的生命
就是让石榴们一天比一天
笑得好。知道这一生
我必须把守望认作
无可调换的唯一职业
和紫叶李一起，面对
一些忍不住想哭的事
我不学紫叶李，整日里
把自己搞得那么紫

仿佛稍一放松

就会有血滴下来

有血流下来又怎样

当石榴们满嘴血红地

咧开嘴巴，不管多疼

我都要他们对周围

保持一副笑模样

碧云天

满树叶子，通过树干
把大地的秘密呈现出来
走在路上
被周围的景色感动
我们正走向大地的内部

风使满树叶子四散奔逃
但它们跑不出树枝
树枝跑不出树干
树干跑不出树根
树根是深深植入大地的血管

来到树下
满树叶子遮天蔽日
仿佛是在夜里
仿佛我们早已抵达大地的内部
耳朵里满是大地心脏的跳动
和血液流淌的声音

闭上眼睛

记忆猛然被满树叶子挤满了
我们心平气和地倚在树身
任一片片来自大地内部的叶子
轻轻把我们覆盖

抬望眼

我看见所有的树木
为风而动。婴儿歌唱
石头酣睡。叶子学起鱼儿
用肢体向路人描述水的清凉
即便阳光照晒不到的地方
大地也没有停止奉献

在云端，在枝梢
在一条河日渐消瘦的尾巴上
鸟儿以沙哑的翅膀嘹亮地
喊出飞翔。天高地远
通过看不见的长线
几只风筝将一群人
稳稳地看护在休闲广场

那些被雨水点燃的
那些被火焰沏灭的
那些被燃烧壮大的
那些被寂静摧毁的
即便目光时时莅临的角落
记忆也没有停止遗忘

十月书

这个十月我总是遇见
栾树和黄金槐
栾字令我念及亲人团聚
黄金让我想到作古的帝王

这个十月总是把情义
和权贵放在天平的两端
看杠杆忽上忽下起伏
不定，我总是忍不住
抬手欲将一方狠狠按下

但我的手不由自主地
停下来。我的手不是我
让其停下的。是空中的
什么把我的手绊了一下

这个十月，我还遇见了
银杏和法国梧桐
法桐身材高大，打眼
就知道是从赛场上下来的

篮球运动员。一叶一叶
下落的汗滴让我不忍关心
赛场上他们赢了还是输了

同一棵树。猛然遇见
有时我喊银杏；有时
我唤白果

楸树赋

楸树泊进秋天
叶子一半枯黄一半青葱
我试着将其一分为二
很显然
树身要细一些
树枝要少一些

却成了两棵
一棵黄的
一棵绿的
并肩站在秋天里
看上去不再那么孤单
像一个人和他的影子
像一件事和它
留下的记忆
一个条理清晰的秋天
肯定把你的内心照亮了

但枝叶错落
我无从下手

只能静静地看着

叶子落下来

一片黄的

一片绿的

有时接连好几片

像一群追逐打闹的孩子

黄的绿的都有

秋风词

清理落叶的人，一边
挥动扫帚，一边辨认
哪一片叶子是从
哪一棵树上落下来的

落叶像散布的羊群
一会儿被风驱动
一会儿被扫帚驱动

落叶越积越多
像羊群吃饱了
懒洋洋的
哪里也不想去

但不去不行。在羊群
一样被驱赶的命运里
风是鞭子，扫帚
也是鞭子

落叶继续堆积。直到

清理落叶的人放下扫帚
蹲下身，掏出火柴擦燃了

落叶纷飞。仿佛终于看见
他们的家不在树上
而是在天上

卷二

做一个安静的人

旧照片

书页里掉下一张旧照片
我停下来
旧照片里的我年少、旺盛
两眼充满了未来

顺着他的目光望过去
墙上有一面镜子
镜子里有我
看不清他眼里的未来
是不是我现在的样子

我的眼里也充满了未来
顺着目光望出去
墙上有一面镜子
镜子里有一张旧照片
我肯定我的未来
还是旧照片里我眼中的样子

一个词

想到一个词
想到一个词和我的关系
就觉得人生很美好
但这个词不是"美好"
我想告诉你这个词
思虑再三还是没有
理由很简单
这个词是我的
这个词满天下都是
而最初我以为这个词
只在中国山东济南章丘
垛庄镇北石屋村村西头
一棵大柿子树下的
"丁"字形胡同里
知道这个词满天下都是
耗费了我近半生的时间
发现这个词满天下都是
我并没有感到惊慌
我用近半生时间反复证明了
这个词确实就是我的

那时

能够让树叶变黄的理由很多
一个人常常从树下走过
可不可以算作其中的一个
那时你也悄悄长出了叶子
我有意无意地掐下一片
你便娇嗔了嘴巴喊疼
那时鸟儿总是成群结队出没
几乎没有落单的
雨滴自隙间迅速穿过
丝毫不惊动拉得又细又长的蝉鸣
那时我们在露珠里背诗
曲解古意。星星像满卷的词语
争相闪烁，让我们一时
挑不出更精准的一个

从广场上走过

低矮的音乐一次次
将我推向高处
多么希望这是一些
坚实的手。高高地
把我举起。又轻轻
把我放下
但它们不是
它们是一些低矮的音乐
它们会戛然而止
它们说没了就没了
从广场上走过
我苦于一次次
突如其来的跌落
悲哀的是
当低矮的音乐响起
我总是身不由己地
被推向高处

有一些夜晚

有一些夜晚别具一格

风说来就来

我赶在更大的风到来之前

收拾散落的星光

夜色并不浓郁

我站在亮处

许许多多的东西伏在暗处

这样的夜晚绝不是

随随便便便可以得到

衣服上刮着大风

我站在亮处

许许多多的东西伏在暗处

三分之一的月亮露出

三分之一的慈祥

对我，全然不够

别具一格的夜晚

我站在亮处

赶在更大的风到来之前

用空出的黑暗

把剩余三分之二的月亮

一点点地抠出来

雨后

我爱这洁净如新的早晨

蓝色中巴心甘情愿

听命于十字路口的红灯

我爱这一分钟波澜不惊的等待

汽车起身前行

当距离不再成为距离

我爱那些不卑不亢

卷起一程又展开一程

的锈迹斑斑的站牌

各位，都不要动，请一如既往

剪指甲、想心事、打瞌睡

挖空心思，拨开连日来

裹挟你们的云雾

汽车继续前进

我爱下站一上车便目不斜视

直奔后边空座位的陌生人

风吹过

所有那些被带走的
都不是我的
那些闻风而动
跃跃欲试的
我也不想暂作保留
还有那些固若金汤的
思想者、哲学家
这些都不是我想要的
风吹过，我只要动荡中
坚定不移的那部分
我所要的坚定
不是思出来想出来
哲出来学出来的
我所要的不移是在
"不"和"移"之间
挣扎而没有倒下的那部分
风吹过，我要在亭亭玉立
和花枝招展间摇晃
而没有折断的那个你

做一个安静的人

如果能够，就把那些
叫作经历的东西
呕吐出来。从此戒酒
做一个安静的人

做一个安静的人
要学会消化。把那些
看起来不能消化的
东西消化掉

说醉话，做醉事
有人说你经历坎坷
其实不对，以前
你只是不会消化

道理很简单
什么东西消化了
就能吸收营养
对成长、成熟有好处

做一个安静的人多好
心平气和地生活
心平气和地待在角落里
看自己长大，变老，死亡

对待爱情也是这样
自然而然地开花
自然而然地结果
不张扬，不给周围的人
留下任何说三道四的把柄

怀想

料峭春寒似乎是在暗示
今年的花朵命运多舛
行在途中，抬头望天
看不见我的头发
有没有被风吹得凌乱

那晚夜色明媚，佳人如期
杏花与杏花争妍出声
而桃花提早败了
骨朵着小嘴一瓣一瓣
从水流的腮上滑落

时隔经年，人已变老
回想那晚的桃花和杏花
突然感觉自己
成了流水泛起的波澜

春天的步子逆春而行
许许多多的小生命
望风而逃。行在途中

从偌大天空照不见自己的我
空怀一腔普度众生的愿望

祷歌

祈愿这花

一路顺风、一帆风顺

躲过坎坷与旋涡

在泥土的那边

找一个好婆家

然后迎亲的队伍

如期而至

唢呐和锣鼓如期而至

马蹄嘚嘚

轿帘后的情形

宛如尘世的幸福

蚯蚓，我要歌颂你

蜜蜂和蜻蜓

我要歌颂你

甚至我想歌颂田鼠和蛇

我不歌颂蛴螬和蝼蛄

它们会让祈愿中断在

不为我知的黑暗里

钟声回荡

寂静的魄力阔大无边

请高处的枝叶伸出手来

请灌木和蒿草伸出手来

请地衣和苔藓

也一并伸出手来吧

让这远嫁的姐妹

深刻再深刻一点感受到

尘世情真意切的挽留

我沉下来

我沉下来。具体地讲
就是在翻江倒海般
思考的头颅中
情愿做一叶浮萍
再具体一些
就是在拥挤的行人中
甘心落到了后头

与泥沙不同
我的沉停在水的高处
与落伍不同
我的沉是在辨识
真正领先的方向
我沉下来。如果
还是不能说明白
就让我示范给你看：

此刻，我在龙奥大厦
14楼G区靠东的餐厅
吃早餐。服务员又一次

催促说，到点了先生!
我不慌不忙
将盘子里的吃食打发掉
顺手把别人扔弃的餐具
收拾进餐具筐时
服务员甜甜地笑了
说，谢谢，先生!

唱一首歌

一首歌最好的唱法
是把歌词囫囵吞枣地咽下
音乐在嘴角体态婀娜
一大群耳朵流溢涎滴

一首歌被我们含在嘴里
歌词已经咽下
我们要设法把它的灵魂
吐出来

我们来注视那片叶子
树高千丈
树之上那片叶子的起伏
与我们嘴角的音乐多么相似

唱一首歌
走万里路
我们感到疲惫不堪时
突然轻松了

需要

当需要得不到满足时
是否就是不需要的呢
曾经，我需要一把力气
和一个与人打架的胆子
把上学路上
经常当拦路虎的醉汉赶走
曾经，我需要一笔钱
将村西耿连贵家
闲置的破草屋买下来
让按月轮流住在我家
和叔叔家的爷爷生活在里面
我还需要过一把枪
防身用的。需要过一个包公
为善良、正直的人伸张正义
不用说，这些都没有得到
有时想想似乎又得到了
什么时候起，突然觉得
自己其实什么都不需要
从诞生那天开始我所拥有的
就比需要的多得多

将来

过完这辈子
我就到天上开一个房间
不读书不恋爱
玻璃擦得光光的
整日里望着天下发呆

你们继续享福吧
继续把一想象成二
把苦的说成甜的
把瞬间拉长直至永恒

我知道你走路时
为什么保持那种姿势
我知道新婚之夜
你的心地有多荒凉
我知道你紧握刀把的手
像握着刀刃一样
暗暗抗拒着发抖
我知道那人昨夜
梦见自己变成了皇帝

哈，我知道的
跟你们经历的一样多
我学着上帝的样子
闭口不言

秋天的骨头

叶子一黄秋天就静了下来
静是秋天的骨头
只有叶子黄了才容易摸得到：
角落里没有开败的花是一根；
枝头上还没有被采摘的果实
是一根；此刻走在舜宁路上
并不急于乘坐K160公交车
赶往燕山立交桥北的我是一根

秋天的骨头神出鬼没
即便叶子黄了也没有谁能数清
秋天究竟有多少根骨头
叶子一黄满天下都是数骨头的人
你也是其中的一个。我知道
此刻你正为数了那么多骨头
却不能成为其中的一根而苦恼
我还知道你所见过的骨头
都是硬的

静比硬更难得

秋天到底有多少根骨头啊！
风一吹，秋天所有的骨头
都陷了下去

卷三

只有笑着面对的时候

虞美人

小跑时她的步伐
变得轻盈起来
她轻松地穿过龙奥北路
赶在红绿灯交接之前
为穿过下一条马路
赢得了宝贵的几秒
她的衣着倾向于古典
牵连的动作全都是
现代式的。她让一朵
本应招展在树上的花
在地上也开得婀娜多姿
尤其是联想到海时
她不露声色就把一些
波浪绣在了曲线的紧要处

缘分

她没有带伞

她慌乱地躲到树下

雨拨开叶子落在她身上

她仰脸望了望

忍不住笑出声

那么多叶子拥挤着

要把雨留在树上

雨不肯

倔强地挣脱开

往她的身上落

她突然意识到有一些雨

和她是有缘分的

她记起了伞就在包里

而雨下起来的时候

她坚定地以为忘记带了

此刻她不想把包打开

她坚定地站在树下

每每有雨传递给她

那种叮咬般的湿凉

她都感到是她拨开伞

落到了雨身上

孕妇

下楼的时候
她下意识地将手
兜在腹底
每下一个台阶
她都用力向上托一下
她的步伐呆板
尤其是需要迈大步时
迈出的幅度反而更小
她的目光明显地
一分为二
小部分觑着脚下
更多的部分牢牢盯着
楼下的平地
整个楼梯
她不像是走下来的
倒像是移下来的
楼梯并不高
她却坚定地停了三次
最后一次停下时
她的脸舒展了一下

仿佛终于把皱巴巴的

台阶抚平了

鸡冠花

她穿着长裙子过马路
像在证实这个清晨的马路
是洁净的。她在马路边
将裙摆提了提，无疑
是在暗示洒过水的马路
还没干。她在马路中央
蹲下来，看起来像是提鞋子
其实是提醒路人
她的腿很长，很长
她在离开马路时，仰脸看看
公交车前面的红灯，像在说明
她的从容不迫是有依据的
这时绿灯亮了，她一个踉跄
小跑起来，像被风吹走的
败落的鸡冠花。公交车的
移动电视又有了声像
主持人问，情人节那天如果
只给一块钱你会怎么花
有人嘟哝一声坐公交车了
主持人顿了顿哈哈大笑

像听见了公交车里的话
车一颠，公交车上的人
也都哈哈大笑。画面一转
移动电视推出一个穿着长裙子
过马路的女子，和她被风吹动的
鸡冠花一样的小跑。满车人的笑
都僵在了脸上

依靠

有时，她会觉得
无依无靠。一个人
隔着深渊期待另一个人
倾尽其能所做的一切
都是那么空洞
自从有了孩子
她的感觉似乎好了些
但有时更糟
她隐隐意识到
世上最怕的事莫过于
用一个深渊
填补另一个深渊

抽烟的女人

她习惯把一切过程
具象为一颗纸烟
时间宽松的话
就抽得慢一些
紧张了就抽得快一些
她喜欢抵达目的地
信手将烟头掐灭的
那种随意感
尤其是，朝烟灰缸
瞥眼看见那么多烟头
紧紧挨在一起
这些无疑都是她
随意掐灭的

补丁

一个人的眼窝

究竟要有多深

才能盛下岁月的积淀

而不使旧事漫溢

她两眼深陷

眉毛上闪烁的

全都是陈词滥调的色泽

她迎风。眼角丝毫

没有眨动的迹象

她眺望。远处

并没有做出迎合

她在舜义路舜贤路交叉口

匆忙转身的一瞬

我听见她的目光咔嚓断了

她的背影朴素、结实

像打在尘世的一个补丁

但不是用线缝上

而是用什么粘上的

白衣人

白衣人往往用白衣
隐藏她的黑身份
白衣人大都挎着包
边走边从包里
掏出白东西往身上撒
我在龙奥北路
与奥体中路交汇处
遇见一个打伞的白衣人
稍远处看手里的伞
像是有意贴近她
从近处看手里的伞
却是无力逃离她
没等我上前搭讪
白衣人猛然转过身
眼睛、鼻子、耳朵
像是用白颜色
在一张白纸上画出的
让我无从开口
太阳地里走着那么多白衣人
她们用共同的白

相互连在一起
又用各自的白彼此断开

独身女人

我为我如此珍惜自己
而感动。一个珍惜
自己的人也会珍惜别人
当然是那些值得珍惜的
我是说爱情

你们这些人啊
春种秋收。庄稼一样
一天到晚做出不让
田地荒芜的样子
真正属于你们的那块
早已杂草丛生了

我不会介意你
从你那里走出来
在灯光照不到的角落
偷吸我独自生活的气味

如果能有来生
我还想做一个独身女人

真正做不下去了

我也是幸福的

只有笑着面对的时候

她在笑。她笑这个早晨

人这么多，这么拥挤

人们带着各样的表情

淤积到公交车上

同伴丢工作一个星期了

用同伴的话说，三天内

找不到合适的工作

就滚回老家去。同伴不死心

发狠攒够几个月的房租

还会回来。同伴抱怨说

这世界也太欺负咱没文化的人了

她对同伴笑。她觉得她的笑

兴许能给同伴带去几丝光亮

她也在对自己笑

她的工作早就出现了危机

她想好了，就是把自己卖掉

也要把女儿下学期的学费

和花费筹齐了。早晨天不亮

女儿发来短信，说周末和同学逛街

相中了一件什么样的裙子

她戾也没打，回道：买!
她在笑。她总是在笑
她隐隐觉得只有笑着面对的时候
世界才多少惧怕她一点点

风一样的

贴身绕过绿化带的一瞬
她就是其中最婀娜的一棵
并没有风
她前倾的姿态只是披露
她的婀娜不是被动的

紧接着就是一阵疾走
她有柳的柔顺、鸟的轻盈
但所有这些都是隐蔽的
让你感觉到动
却看不出摇摆
让你意识到飞翔
却寻不见翅膀

与一些弥足珍贵的类似
遗憾之于她也是捆绑式的
此刻她遁进一座三十层的
高厦里。玻璃清澈、平整
齐刷刷铺出一大片刺眼的光
让人猜不出她究竟

藏在了哪一扇窗子的后面

她是一个风一样的女人
楼上刮过清凌凌的一声脆响
因为突然
只有你的反应足够快
目光足够准
才能捕捉到她转瞬即逝的
幻影

蜜蜂

她转动伞柄。伞盖
在她的头顶作环绕状
一只蜜蜂落下
立刻又飞起来
我们知道，短暂的停留
对蜜蜂的影响
可以用公式计算出来
但结果并没有
给我们计算的机会
我们看见她把伞高高举起的
同时，蜜蜂飞得更高
我们忍不住眨了下眼睛
表面上看我们是用眨眼
回放一下蜜蜂落在她头顶
旋转着的伞上的情景
事实却在证明
蜜蜂飞走了
她把收起的伞
轻轻放进腋下的包里
很长一段时间

我们都在盯着她看
仿佛期待一棵破土的幼芽
长出叶子，开出花
吸引来一只又一只的蜜蜂

梅小艺

穿一件新衣服
立在站台上。手里
提着的三个纸袋显然
有点拥挤。但不紧张
因为它们里面
装的东西都很轻

梅小艺望着远处
仿佛她要坐的车
正从远处缓缓驶来
事实上她要坐的车
已从她的眼皮底下
溜走了。因为她
被远方用力抓住了
车溜得很从容

梅小艺开花一样
伸了个懒腰
手里的纸袋呱嗒
掉下一只。她咧嘴一笑

突然僵了脸子俯下身
她担心盛洗面奶的瓶子
被跌坏了

掉下的不是装洗面奶的
那一只。梅小艺
的僵脸子变暖
罚掉下的纸袋
在地上躺了一会儿
抬头看见车来了
赶忙拾起袋子迎过去

三个纸袋，两只
被梅小艺的左手提着
一只被她的右手提着
想到上车要刷卡
只好又将三个纸袋
提在同一只手里

车上人很多
一靠近车门
梅小艺手里的
三个纸袋
似乎都紧张起来

蝌蚪

她们从高大的写字楼下涌出来
她们脸上的喜悦并不能完全
遮盖住忙碌一天的疲惫
她们距写字楼百米开外的一次回首
仿佛是在暗示她们也拿不准
她们正在离开写字楼
还是写字楼正在离开她们
夕阳暗红。写字楼渐渐沦为
夕阳下铺天盖地的暗的一部分
她们早已沦为暗的一部分的
更暗的一部分
没入出租屋前，她们慢吞吞
分散和游离的情景
很容易让人联想到雨后浑水里的
蝌蚪

污点

每每游完一个景点
她总是迫不及待地看照片
她的眼睛特别好
没戴过近视镜
也没戴过花镜
办理离职手续时
她鼻子一酸眼圈红了
同事安慰她
她说没事真的没事
只是这么好的视力
带回家有点可惜了

照片是孙淑芳给她拍的
人们夸她长得好看
也夸孙淑芳长得好看
孙淑芳的脸上有颗黑痣
人们都说是美人痣
好几次她鬼使神差地问自己
如果给你一个机会
你愿不愿意也长那么一颗

然后不假思索地摇摇头
不长！打死也不长

孙淑芳的老公和她
谈过半年多的恋爱
是她提出分手的
五十岁一出头
孙淑芳的老公时来运转
芝麻开花一样，一溜烟
当到一个不小的官
有人为她惋惜，慨叹
当年她不提分手的话
官太太就是她的了
孙淑芳不服气
说那可不一定
我妈给我算过卦
我这人旺夫

孙淑芳也迫不及待地
看照片
照片是她给孙淑芳拍的
镜头一对准孙淑芳
她便不由自主地
想把孙淑芳脸上的黑痣

拍大点。大得遮住脸才好
她想，好端端的一张脸
长出这么个黑东西
还什么美人痣
明摆着就是一个污点

卷四

与一辆车擦肩而过的三种方式

目标

人群中他信手一指

目标就出现了

他扣动扳机

嘴里"啪"的一声

目标还是纹丝不动地

出现在那里

他突然后怕起来

如果手里果真是一支枪

枪响之后

目标果真还纹丝不动地

出现在那里

他肯定成了目标的目标

问题不仅在于

他信手一指

目标就出现了

还在于目标出现的时候

他扣动扳机的速度那么快

仿佛要迫不及待地

暴露自己

幻象

风在磨刀。风绷起拇指
轻轻一试，刃又卷了
风继续磨刀

刀已剩下窄窄的一线
仇人还没有下落
看样子，即便把自己磨成刀
再卷上多少次刃
风也不会停下来

落叶纷飞
我脱口而出：
把我磨成刀吧
我也有仇人，我的仇人
已经病入膏肓

风牙关紧咬的腮倏地坍塌
陷下深深的旋涡
落叶扑地。那把
刚好被磨掉一线的刀

轻轻落在我的手上

我感到剧烈的疼痛
我的手哆嗦一下
悄悄捏住了刀柄

比喻

随着最后一个人走出窄道
队伍的去向豁然开朗
一支首尾相顾的队伍
有着龙的身姿，却是
蛇行穿过眼前的开阔地的
有人高喊口号
仿佛龙在酝酿情绪
有人迅速掉队后又迅速赶上
像是蛇甩了下尾巴又缩回来
歌声不绝于耳的时候
我们看见队伍的影子
晃来晃去。一支暴露在
光天化日下的队伍
完全能够用蚯蚓拱进泥土
做比喻。蚯蚓让泥土松动
队伍使时空流转。队伍
与蚯蚓最大的区别
也许就是队伍可以一截
一截拆开再连起来
而蚯蚓一截一截切开之后
满地都是痉挛的泡沫

旅程

车按时到来
我们启程，怀了如愿
以偿的向往。不用说
我们的车
因故在途中搁浅了

目的地像迟迟没有
被命中的靶子
上下左右都拿不准
我们到底是哑火了
还是脱靶

作为一颗子弹，当然
我们比靶子要着急得多
焦头烂额的我们
不得不承认，关键时候
距离才是这世上
最坚不可摧的一道墙

终于，我们又启程了

来到目的地的我们
成了一颗抵达靶心
突然发现靶子被移走的
子弹

感冒

一枚感冒胶囊
一个消炎药丸
和四粒甘草片
我服下。走在
临近春节的大街上
仿佛都知道
我是一个吃过药的人
我沉默，四周
尽量不弄出声响
我一说话，口中的
药味立刻提醒我
天色昏沉。和经验中的
药效基本达成一致
仿佛我走到哪里
哪里就感冒了
并迫不及待地吞下我
因为我的胃里装着
一枚感冒胶囊
一个消炎药丸
和四粒甘草片

职业

短暂的等待之后
我们便出发了
我们是开弓后
总是惦着回头的箭
随着目标的临近
我们的归心和箭
完全达到了一致
多年以后
回忆这次出发
我们都把自己说成了
对误判死刑的囚犯
执行枪决的行刑队员
伴着一声声
霸气十足的枪响
我们心目中一座座
巍然屹立的高山
轰然倒塌了

弯路

每一个问题的背后
都有许多个答案
选择不仅需要眼光
更需要耐性
可惜我们大都做了
眼光的俘虏
耐性的敌人

每一桩难事
在世间都有一些
化险为夷的技巧
方法不仅是想出来的
还要做出来
可惜我们大都
被想和做的门缝
夹住了尾巴

万事万物中
最简单的该是
生和灭的关系了

但历史清清楚楚
记载了万事万物
在生和死之间
走了那么多弯路

一个人的前方

那些被雾挡住的
就是你的前方
你行走。在众多的脚印之上
压上自己的一串
你听见众多脚印
匆忙躲闪的声音
但总有一些是逃不掉的

站在另一些人的脚印上
你的身体不同程度地
因循了另一些人的身体
此刻，你的前方
曾经是另一些人的前方
如何在人群中保持
自己独立的姿态
是一件不容易做到的事
但不是不可以想

想到持续的行走中
总有几脚会把局限你的

脚印踏翻，随着
连同倒伏的另一些人
把他们的前方带走
剩下的就是真真正正
属于你的前方了
面对自己一个人的前方
走出或者等待雾散开
不用说你也知道
是一件不难的事

与一辆车擦肩而过的三种方式

猛回头，车已呼啸而过
看起来像你的什么
被强行带走了
事实上你完好无损

可以把速度放慢些
一辆车缓缓驶过来
司机用似曾相识的眼神
看看你，果断地扭过头
路边慢慢转过身来的你
报之以同样的神情和动作

速度还可以再慢些
一辆车稳稳停下来
你自若从容地走过去
不管这辆车载你飞奔多远
你们都是要擦肩而过的

故事

故事到了讲述者口中
已成为另一个故事
说起来核心都是一样的
但令听者动容的
往往是偏离核心的
那一小部分

一棵树，原本
与交通事故无缘
如果栽植路旁
便离事故近了几步
世界上擦肩而过的
情形比比皆是，问题
往往就出在擦肩而过时
园林工人没有及时修剪的
那一小截树枝上

回到故事本身
一个故事能够演变成
另一个故事，说明

故事本身是有漏洞的
很简单，堵死漏洞的
唯一办法就是让故事
与讲述者彻底分开
让故事抱守故事本身

抱守，并不是
坐以待毙，眼巴巴
等着病死老死，而是
宁缺毋滥，给听者
一个绕过讲述者
直接进入故事本身的
机会

晨趣

我又一次醒来
吃过早饭，走在街上
与不认识的人浅笑
认识的人，被距离
藏进四面八方

有人远远朝我问路
我信手一指
来人紧赶几步
我歉意地笑笑
我的意思是
让他到那边问问

这个早晨到处掩埋了地雷
我想踩响一颗
事实证明，我的冒险
是绝对安全的

有人戴着耳机
迎面走来。这个被声音

绑架的人，与我擦肩
可怜得连个求救的信号
都不能发出

我继续走。离我
要去的地方越来越近
我突然大哭起来
不是哭，是我突然
引吭高歌
我的歌声太难听了

你们看啊，那么多
认识的人突显在周围
刚才他们还被早晨
严严包裹着
送走早晨的钟声一响
他们便走投无路地
暴露在了光天化日之下

枪眼

天色昏暗，仿佛输给了

尘世的灯火通明

我有幸成为尘世

被灯火照亮的一员

却怎么也挖掘不出

挫败苍穹的获胜感

小时候听大人的话

相信人死后会变成

天上的一颗星星

现在越来越觉得

满天星星像满天枪眼

人一诞生就被某一个

迫不及待地瞄准了

宣言

默念三遍，我和周遭的
环境达成默契
我们成为战友，一起
拥有了共同的敌人
这一刻，时间是一个
似曾相识的外乡人
我们情愿压根就没有见过
就这样，我们投入地
遵循一幅画的秩序
较真一点，我们
就是一张照片
我们高举黑白分明的大旗
反对五光十色的盘踞和占有
我们坚信黑白是缤纷的
魂之所依
我们坚持非黑即白
反对五颜六色的暧昧
和粉饰。此刻
我们丢盔弃甲地挂在墙上
不是向色彩投降

而是向一切有损安宁的

外侵之敌宣战

赶路

面孔里寻不见一张熟悉的
人间便又宽敞了许多。常常
我踩着一些人的头颅赶路
那些歪戴帽子的
那些把发丝弄乱引以为美的
那些头皮光光与草木为仇的
让我的步伐深一下又浅一下
所以，常常我走得有点慢
记忆中走得最快的几次
是在几条就要戒严的街上
突然间我如得神助
一种飞檐走壁的晕眩
让我恍若隔世
我的步伐踩上了一排
圆圆的坚硬的冷冷的盔
常常，我不用脚赶路
也不用手。我用目光

支撑

一辆车就要与另一辆车
相撞的瞬间匆忙躲开
迎面相撞的是两辆车的尾随者

想起一句话：天塌下来
有高个子顶着
天塌下来高个子一哈腰
个子矮也得顶啊

两辆车的尾随者在路中央相撞
匆忙躲开的两辆倒在了路边
矮个子支撑的天空下
高个子们弯着腰幸福地生活

卷五

祖国

在电梯上

我看见一位父亲

为女儿擦拭嘴角的饭屑

他的手指粗壮

每擦拭一下

女儿便眨一下眼睛

因为擦拭的动作太轻

粘在女儿嘴角的饭屑

显得有点沉重

终于，像搬掉

嵌入地面的一块石头

他站起身，说好了

女儿仰脸不眨眼地看着他

像在寻找他的嘴角

有没有饭屑

京戏

没人的时候
他就号一嗓子
他的声音结实、蛮横
像使劲一跺脚
从脚底弹起来的

他没有跺脚
只是腰一弯
双臂抖动了一下
他的这一习惯
似乎来源于
拉犁的牛挨了鞭子
瞌睡的鸟听见了枪声

他唱的是京戏
戏文不对
唱腔也不对
他之所以趁没人的时候
来这么一下子
是因为他知道

那些不对的地方
都是他的

影子

一路上他都在看他的影子

看他趴在地上还昂首挺胸的样子

看他大摇大摆混迹于路边的栏杆面前

俨然是一位首长正在检阅他的部队

在戒备森严的烟草公司门口

他甚至变成竹竿在两个虎视眈眈的

保安身上不轻不重地敲了几下

一路上他总是把他和他的影子混为一谈

看见自己攀附着地面当墙爬

他会不由自主停下来

证明地面是被他踩着的

碰上树木在前方炫耀高大

他会不由自主小跑几步

让树木看到他的影子已高过树梢

什么时候影子被他拖在了背后

他回头瞧了瞧立刻转过身

他清清楚楚看见

刚才影子正把他甩向背后

来世

有时他会想到来世
想到有一个机会
把今生走过的路
再走一遍

他不想修正什么
只想把步子迈得重一些
以便回首凝神时
能够清清楚楚
听到他的回声

有些路走就走了
为什么走得
那么轻手轻脚
如果能有来世
他想把走过的路
重重地再走一遍

像从档案袋里
掏出那些记录他的

文字和表格

呵一口气

把没有盖全的章盖全

感慨

露天烧烤挣钱后
他决定在这块地上
盖一幢楼
样式交给设计院
建设交给施工队
门面交给装修公司
经营承包给商家
一不小心他成了
一家企业的董事长
闲来无事，他想
走到这一步
其实他什么也没做
仔细想想，他只是
拿出了一个想法
再仔细想想
他的这个想法是十几年
烟熏火燎烤出来的
获取一个拿想法的资格
真难啊！他忍不住
感慨出声来

他的眼圈一红

像是被那声感慨呛的

警戒

一个走着道睡着了的人

一定是一个眼观六路

耳听八方的人。走着道

他睡着了，只能说

此刻他把他身体上

无关紧要的部分关掉了

他的耳朵还能听见

自行车的铃铛和汽笛声

他的鼻子还能嗅到旁边

绿篱上残留的蔷薇花香

他微闭的眼睛的余光

还能照见交替前行的两个脚尖

他走着。他的脚

一次次落地的声音

与他的体重一次次

下沉的声音多么合拍

他走着。前面的

垃圾桶、标识牌、绿化带

小心谨慎地看着他

他走着。突然发出的鼾声

让周围的一切彻底静了下来
几年前，我曾有一个
走着道睡着了的同事
吃罢饭，我们几个一起
从单位宿舍往办公大楼赶
走着道，他一睡着
我们便挤眉弄眼地指画他
碰上前面有一块破砖头
我们不约而同笑出声
看着他睁开眼，抬脚
从容地迈过破砖头
我们又笑。全然不觉
一起赶路时他已把我们
睡成他身体上为他警戒的
一部分

哑巴

你们说的话
别人记着
我想说的话
只能自己记

你们说说出来就轻松了
我说不出来
当然不轻松

你们摆摆手
什么也不用说了
我努力做出各种表情和动作
就是说不出

你们是老死的
我是憋死的

习惯

常常，他会
不由自主地停下来
看着那么多人
渐行渐远
他没有忧戚
人世间，他习惯了
做一棵树。习惯了
那么多枝条
从他这里延伸开去
不管它们长出多高
探出多远
开了什么样的花
结下什么样的果子
风一吹他就会感到
他们是一体的

祖国

看上去，他有五十多岁
每次在上班路上相遇
他都做出这辈子
也不想与我相识的样子
五十多岁，他的背包里
该装着他的祖国
他步伐矫健，旁若无人
有一次，我不满于他
在他国的土地上
还一门心思
想着自己的祖国
主动上前和他握手
他趔趄一下身子
嘟噜了一串外国话
逃一样跑了
我突然意识到
在异国的土地上
他是胆怯的
他需要旁若无人地
藏进自己的祖国里

谈论

如果只看影子

我们谈论的话题会窄一些

他的头发浓密，映在地上

让他的头颅硕大、饱满

他说三十五岁他就注意保养了

晨起走多少步傍晚走多少步

一日三餐的营养如何搭配

更重要的是

他养成了梳头的好习惯

每天睡觉前都要拿梳子

在头上捯饬四五百下

我转脸看他的头发

他的头发全白了

看着我说不出话的尴尬相

他仰脸爽朗地大笑

说是不是我的白头发把你吓住了

黑颜色，脏，不喜欢

这辈子我最大的愿望

是把这些脏东西彻底清除掉

既然来时干干净净的

也要干干净净地离开尘世
说完，他抬手捏住一小绺头发
往高里揪了揪
像是要把自己提起来
放到一个什么地方
我忍不住笑了
要说的话多起来
不仅想听他谈谈保养
而且想与他谈谈生和死

遇见

有谁在小区门口遇见过
送报的和送快递的撞在一起
他们一个骑二轮摩托
一个骑三轮摩托
两辆摩托相撞时像各自
递过绳头系了一个扣

前来围观的人很容易
分出哪些是等着看报的
哪些是网购了等着收货的
他们一部分盯着跌下来的
两摞报纸看，一部分
盯着掉下来的几个包裹

两个人相互指责
我清清楚楚看见他们拉紧绳子
朝各自的那边用力一拽
绳扣便成了死结。这是早晨
八点钟的小区门口
有人高喊：快去上班吧
有人回道：他们现在就在班上

烟圈

将烟头掐灭之后
他仰起脸来
额上的皱纹扭曲、凝重
很快烟雾一样散开

这时他若与我说话
我会看见他眼里的火
而且随着话题的深入
他的眼睛愈发明亮

我乐于他吸完一支烟后
把自己当作一支烟让我来吸
友好的递接中我总是弄不清
是他还是我顺手将他点燃了

有几次，我们谈着谈着
突然大笑起来。在我面前
他颤悠悠笑成一团的样子
像我吐出的烟圈

盲道

值得肯定的是，认识那些
凸凹了竖纹的窄路叫作盲道后
我从没看见盲人从上面走过

在乡下，盲人敲打竹竿
探寻着走路，遇上懂事的孩童
他们会接过竹竿的一端
小心翼翼地牵引一程

也有调皮顽劣者搞恶作剧
企图将盲人引向歧路
一旦被察觉都难逃盲人抽回竹竿
快如闪电的重重一击

与其说顽皮孩童抱头鼠窜的
一声惊呼源于盲人出手过于凶狠
不如说盲人对道路的重视程度
大大超出了顽皮孩童的预想

不知道什么时候起，我开始
对城市的盲道格外留意

果皮，垃圾，损坏失修，违章停车……
值得肯定的是，我所留意过的
没有一座城市的盲道是畅通无阻的

我熟识一位和明眼人一样
唱歌、写诗的盲人，谈不上
他诗写得多好、歌唱得多动听
值得肯定的是，从他的诗和歌里
总能清晰地看到一条没有凸凹的
宽敞明亮的道路

仰望

学会仰望。学会看高
俗世里那些矮小的事物
那些曾经被我们踩在脚下的
比如一棵弯腰后又直立
起来的草，一只遭遇塌天黑暗
又重见光明的蚁虫
我们生活在俗世里
我们的眼睛除了能够看清是与非
还可以识别远与近
还可以区分这与那
还可以趋向众与寡
我们的眼睛是一面千疮百孔的筛子
我们能够留住的远远少于漏下的
与我们的眼睛相比
时光这面筛子更大
我们无可挽回地被筛落下来时
就会发现离我们最近的
还是那些矮小的事物
它们用它们的矮筑成了高
用它们的小聚成了大

俗世中，它们的身形

在我们曾经看重的道路、房屋

和田园里随处可见

学会仰望。仰望的时候

我们屈身于低处

与矮小的事物抱团

延绵成一个个高度的根

爱情标本

这个早晨的白杨树
并不适合做他的恋人
但他们还是相爱了
迅疾的
电闪雷鸣式的
说一些要命的话
做一些要命的事
受一些要命的伤

这个早晨不是白杨树的
这个早晨的白杨树
也不是他的
但那些要命的伤
死死盯上了他
也盯上了这个早晨的白杨树
对于一个擅长把伤和爱情
撕扯到一块的人
很容易把这个早晨
换算成一段令人神往的
美好时光

我是真的不想告诉你：
这个美好的早晨的
一道美丽的闪电
把上班途中躲到白杨树下
避雨的他连同白杨树
焊接成了一个黑黢黢的
爱情标本

卷六

今生今世

关系

高兴起来，母亲
有时会数落我的缺点
特别是，数落到
妻子的心坎上
同仇敌忾
帮她一起数落时
母亲的数落更具战斗力

岳母从不碰我的缺点
每每，我的缺点
初露端倪
岳母就会绕着走开
仿佛害怕我真的
会长出缺点一样

一次，我醉酒跌坏眼镜
岳母察觉后刚愣神
妻子过来打圆场
说不小心她用胳膊肘压坏的
岳母立刻接过话埋怨妻子

怎能这么不小心
这么大个眼镜
又不是根针

女儿向来铁面无私
逮住我的缺点就揭露
若是当着母亲的面
立刻得到母亲声援
就是得好好管管你爸爸
奶奶管不了俺孙女帮俺管

若是当着岳母的面
岳母会抿嘴笑着走到一边
小声道，看把孩子惯的
没大没小
听起来像是终于碰到了
我的缺点
稍一咂摸，又不像是

半夜坐起

我们都是些孩子。踩着父母
的肩膀爬上高高的人世
啼哭，笑，努力把一些想法
表达出来。终于我们学会了
走路。并不可避免地跌倒
要不怎能体会到道路的重要

我们从树枝上辨认季节
把雨和雪分别装进不同的衣兜
我们学会了欢乐、痛苦和沉默
我们还是些孩子。换着法子
使花一样的母亲枯萎
使父亲憋足的气力一天天减少

我们的骨头一天天高大
起来的同时，另一些骨头
正变得脆弱、瘦小
我们都是些粗心的孩子
当然顾不到这些
有一天我们心血来潮

把皱巴巴的父母
按在高高的椅子上
说你们该歇歇了
话音刚落，一群
比我们更小的孩子
不容置疑地摆上了桌面

我们仍是些孩子
手忙脚乱中，父母
远远地走进我们的梦里
我们在半夜坐起
觉得有些话非说不可时
动了动嘴巴
却没有发出声音

黄昏

天色转暗。我们来到河边
细长的鱼儿像一把把匕首
晃动着刺向水的深处

浪花在呜咽。它可是
和我们一样念起了这些年
从岸上逝去的那些人

脚印被洗劫一空。身形
却一直在大地上隐现
看啊，此刻他们就站在
几片硕大的梧桐叶子上

弯腰洗去脸上的泪痕之前
让我们把眼睛睁得再大一些
看他们中的哪一个
正陪伴我们在水中的倒影

到夜晚

到夜晚，我们在天上
挂满星星
蟋蟀的叫声来到床前
这么多年，我们一直
没有改掉做梦的毛病
家家的房门紧闭
各人的梦也紧锁着
在梦中，我们与死人说话
随意篡改木已成舟的日子
没有谁能彻底地打搅我们
无人打搅的寂寞中
我们一步步靠近他们

一盆清水

浪花蓄在里面
音乐的旋律蓄在里面
我们用一双脏兮兮的手
将水晶的门打开
多么好的一种感受
尤其是在夏日的早晨

一盆清水，频繁地
在我们的生活里来去
没有颜色。平淡得
几乎注意不到它的存在
像那些朴素的情感
默默洗涤我们
我们全然不觉

一盆清水
一面含蓄的镜子
模糊的我们在里面晃动
一盆清水以最大的气度
容忍了我们的污垢

红灯笼

一个接一个
如果是在夜里
你会遇见一颗颗
跃动的心
吸足夜晚强大的碳
把黑燃成红
把红烧成血

一颗接一颗
悬在空中
那些囊括过它们的尸身
从古代横陈而来
你的步子突然软了
小心翼翼，唯恐
踩进一个还没有
熄灭腥咸和热气的
血窟窿

被折断的感觉

沿墙根走走，你会遇到
一些拐角。这些突如其来
的转折令你不知所措
一种被折断的感觉否定了
你在马路上行走的经验

房子是你有意设置在路途的
是你为一些依赖精心做好的
准备。你心安理得地走进去
躲进自己设置的障碍里
避开许许多多的时间，甚至
一生

坐在松软的沙发上。你常常
为一些渺小的舒适而兴奋
很难想到沿墙根走走。很难
体会到那种被折断的感觉
其实你的生命也就墙根那么长
试着走几步就被折断了

带了疤的爱

我们谈谈冬天。谈谈
天冷以后，心不由己
令我们牵挂的那些人
我们的心是一座大房子
立冬之后我们的心房
一天天变小。我们那么
多的爱只好露在房外
我们露在房外的爱
被窗缝、门缝夹疼了
我们谈谈那些疼。那些
冰一样层层加厚
春暖花开突然断裂的疼
会让我们的爱结下多大
的疤。我们谈谈春暖花开
春暖花开，我们带了疤的爱
还能不能温暖曾经让我们
心不由己牵挂的那些人

今生今世

不做旗帜。也不顺从飘扬
做一个与风无关的人
今生今世，让心里的雨和雪
都是垂直降落的

将世人分成两拨：
一拨是今生要毫不设防的
一拨是今世要守口如瓶的
跟虚无一样对待一切争斗
同神一样，让信奉者感到
无处不在

今生今世，做一个憎爱
分明的人。爱了高举起火把
恨了把刀埋进骨头里
不是让其生锈，是拿骨头的硬
时时唤醒它

今生今世
不停地锤炼一门手艺：

用针拨旺火

却不让针尖被火熔化掉

静默

那一再让我保持静默的
不仅仅是一场即将到来
的雨，还有一场雨过后
随之而来的虚空

我们在大地上生活
做的都是与大地有关的事
偶尔说几句无关大地的话
看得出大地都是用怜悯的
耳朵边笑边摇头听的

大地太大了
大得没地方盛放我们的小
看着你一步一回头
目光灼灼地凝望身后
留下的脚印的样子
我只能保持静默

一场即将到来的雨
不仅试图冲走残留在

大地上的一切
还惦记着为大地预留出
更多更大的虚空

窗外

我们总是不由自主地
把目光望向窗外。窗外
那些鞭长莫及的事物
趁机用遥远博得我们的
亲近。我们沉默
仿佛刻意戒备一些
处心积虑的洗耳恭听
我们沉默。对方
以更大的沉默回击我们
终于我们把目光收回来
甚至没有惊动玻璃
就把那些鞭长莫及的事物
原封不动地留在了窗外

守望

跟你说说未来
说说那些看起来
与我们无关的事
那时我们都死了
我比你大几岁
可能早死几年
我死后的几年
你也没活出多大意思
但死不是随随便便的
你想活，所以坚持
和我葬到了两处墓地
好啦，我们过上了
守望的日子
我可能是继续
你可能是不太情愿
满腹委屈地刚开始适应
外面的阳光真好啊
照在一些活着的人身上
把他们照成
永远都不死的样子

气概

遍地的脚印。有谁
能在间隔多年之后
重新辨认出自己的
一个。比如幸福
把最初的，和最后
认定的，放在一起
你的眼睛闪烁一种
什么样的光泽

水依然在流。依然
从高处赶往低处
我们这些常常到水边
洗手的人。有谁
又看见了那片树叶
就是使我们热烈地欢呼
又热烈地忍受过挽留的
创伤的那一片

那些处在水的下游的
事物。当初是怎样顺流

而下的啊。比如卵石
比如卵石腹下瘦小的砂粒
卵石淹没在水中的飞翔
该使所有被天空拥入怀中
的鸟类感到幸福

我们这些粗枝大叶的
人啊。天天到水边
痛饮。却终将要被水
冲走。待流落成各式
各样的滩涂，被厚厚
的风霜遮盖。有谁还
能够揭开岁月树一样
展露当年挺拔的气概

落日

晨起，嘴里冒出
"落日"两个字
先有一种不祥之感
继而哑然失笑
太阳西归何等场面
我等充其量
亚马孙热带雨林里
飘下一片叶子

前些天，聊及单位
团购的房子
同事老胡曾语出惊人
他说，如果不是贪图
死了方便有人送送
真TMD不想折腾了

他的话
让初来省城的我
听得有点心酸
转脸瞥见，其他同事

哈哈大笑的眼里

无一例外都虚掩着

一小块墓地

残雪与烈日

与残雪相比，我对烈日
的期待似乎更多一些
一个被阳光烘烤得
奄奄一息的人
从腋下举起水壶
狂饮几口的快意
绝不亚于生命中
最和美的一次性事

那年我们在半山腰
谈论水葬和火葬
我们锋芒毕露的争执
只能表明我们对我们的
身体多么爱惜
残雪消融，潺潺细流
呼唤过往的声音是凄美的
炎炎烈日。辉耀天庭的
场面又何等壮丽

那年，从山上下来

经过一片草木葳蕤的坟地
我们忍不住各自检点
在半山腰的争执，谁的
更能让灵魂安宁一些
结果我们都没有说出口

卷七

想给父亲做一回父亲

远山

鸟声滴翠。大地在遥望中
起伏如海。那排险峻的浪头
就是远山。大地浩瀚
大地蕴藏的力量
被远山表达得惊心动魄

太阳照在季节河上
几朵云在水里游泳
一条鱼是水的一个关节
从一条鱼，我看见
水的腰肢多么柔软

而我还是不能忽略远山
天地高远。作为一排牙齿
远山与什么应和
把岁月咀嚼得悲壮、苍凉

远山像一群人
铁骨铮铮走到了前头
也将坚持到最后

一只盘旋的鹰仿佛是在
度量我和远山的距离

春夜

春夜，一千颗星星从天上消失
又有一千朵花在大地上开放
水的呓语温润。一块石头
与另一块石头倾心交谈
树林里什么也没有发生
野兔绕过猎人熟睡的枪口
猎人梦见自己乘坐弹片飞速
射穿了一生

春夜，一千朵花在角落里开放
又有一千颗星星从天上消失
石头的目光柔和。一些水
被另一些水追逐
田野里什么也没有发生
种子轻车熟路开启了土地之门
产妇不声不响擦去产床上啼哭的血

春夜，天空丢失了一千颗星星
大地上一千朵花静静开放
水与石头相爱。石头的吻

比水还要柔软

山那边什么也没有发生

蛇不疼不痒脱下外衣

洞穴里的蚂蚁隐约听见声声狗吠

麻雀

泥土的乡下一派天然
太阳从早晨爬上房顶
傍晚，高翘的檐上
还滴着淡淡的阳光味
檐下住着麻雀。此刻
它们的叫声早已跟天色
一样模糊不清了

若是白天，很容易
在幽静的场所找到它们
一些无忧无虑地散步
嘴里反复念叨同伴的乳名
一些无故打起瞌睡
天空在它们微闭的眼角
摇摇欲坠

其中的一只突然飞临树枝
其余不假思索陆续跟随
树枝开始下垂
终于发出不祥的警告

麻雀还是一只只飞来
树枝断了它们也不怕
反正它们有翅膀

树枝继续下垂，眼看
就要忍不住那一声
撕心裂肺的呐喊
麻雀们张开翅膀
顷刻弹向四面八方
树枝整一整凌乱的衣衫
面孔平静得像什么都没有
发生过

知了

一万只鸣叫的知了里
有一只是我早夭的小姨
慈眉善目，红颜命薄
抱树而栖的神态
像一次贪婪的吮乳

七月的天空热浪翻滚
一万只知了在浪尖上
引吭高歌。谁能从一万种声音里
辨出我那早夭的小姨
谁就是我这一生致命的亲人

热浪翻滚鼓荡着天空
我的小姨流落七月的一棵树的枝上
小小的叶子，小小的袒护
我的小姨露在阴影外面的翅梢
像一把刀磕下的锋利的刃

草木疯长的七月啊
请不要责怪我早夭的小姨

赤日炎炎烧炽了天庭
请允许她把短暂的一生
没来得及说出的话
一口气说出来

热爱

除去春天，我还热爱那些
丝毫不为春天所动的事物
远天高高在上，与其相对的
是一洼陷进山谷的小小的村庄
乡亲们嗅到花香爬上山坡
眺望了一冬的梯田像一群
受尽委屈的孩子，终于抱住
镢头发出一声声沙哑的呜咽

追赶粮食，同时也被粮食
追赶着的乡亲，我的目光
又一次缠绕你们不慌不忙
安抚土地的姿势
风踩着草尖不停地
翻弄你们敞开的衣领
除去劳动我还热爱乡亲们
小憩时不修边幅的懒散

石头在寒冬出尽风头
从枯败中崛起。在霜雪里屹立

寒冬一过就要被无边无际的
绿色淹没了。而我无论何时
一打眼就能看见它们
不是拨开草丛，是从乡亲们
随便一个劳作的动作上
炊烟袅袅升上高空。除去黄昏
我还热爱灶膛里拨旺火苗的手

夏天

草叶上长满夏天。阳光摇曳
我的乡亲背靠大树坐在宽敞的
阴凉里，一手紧握农具
一手抚弄脚下龟裂的泥土
知了的叫声直插云霄
透过树叶的间隙我的乡亲
看见它们透明的翼

一群孩子沿对面的山坡上升
皮肤黑暗，星星一样的眼睛
升上额头。许多年前我也是
其中的一个。一只衔着梦幻
的野鸽落在崖畔的野榆枝上
我小心翼翼地靠近
梦幻距我最近时，野鸽扑棱
飞走了。我开满高粱花
酸枣花的记忆里至今悬着
一个空空的巢

夏天洇透了草叶。歌声浮动

我一直守在乡下的妹子

面颊鲜红。心事随乌黑的发辫

低低垂摆。一阵风在田里吹出些起伏

一场雨唤醒角落里一大片蘑菇

歌声中抬起头来

我一直守在乡下的妹子看到两朵

越追越近的云

早晨，腿上系着红布条的老母鸡

从鸡窝里飞出。现在已蜷在鸡窝上

专心致志地打盹了，祖母还托着

一件老掉牙的衣服，反复摆弄

上面打了补丁的补丁

陷进褶皱里的祖母啊

你想把自己也缝进去吗

我多想伸出一条胳膊

挽你从深深的褶皱里走出来

当年我就是在你的牵引下

歪歪扭扭地走遍了家乡的旮旮旯旯

连日的雨水

连日的雨水也没有洗尽
人间的幽怨。风哑着嗓门
一遍遍呼唤谁的名字
我梦见早逝的祖母
在老家的土炕上摇动纺车
洁白的棉花。细柔的线
我要咽下多少辛酸才能
把地里的棉花想象成天上
的白云。老家的坟地寂静丛生
父亲总忘不了在祖母的枕前
种两畦棉花。艳阳高照
父亲在蓖麻叶下沉思默想的
神态像是听到了祖母
在老家的土炕上摇动纺车
的声响

想给父亲做一回父亲

父亲老了
站在对面
像一小截地基倾陷的
土墙

国庆节我赶回老家
父亲混在村头的孩子中间
固执地等我
父亲对我的态度越来越像个孩子

我和父亲说话
父亲一个劲地点头
一时领会不出我的意思
便咧开嘴冲我傻笑

我和父亲一同回家
胡同口的人都扭着脖子朝我俩看
有一刻
我突然想给父亲做一回父亲
给他买最好的玩具

天天做好饭好菜叫他吃
供他上学，一直念到国外

如果有人欺负他
我才不管三七二十一
非撸起袖子
揍狗日的一顿

秋日的月光

秋日的月光一泻千里
她照耀，渗透，以水的明净
洗涤新生的谷穗和苹果
亲人们围坐在面饼似的场院里
围坐着渐凉的时间和风
用过来人的口吻预见今年的收成

月光流过明净的额，滋润粗糙的皮肤
浇灌出眼里一束小小的光亮
夜鸟的叫声掠过天河
挂在院里蓬松的树冠上
亲人啊，除去鸟的叫声
还有什么把你们领进了高高的天堂

月光反复叩问过的窗前
我的姐姐对镜而坐
劳动使她变黑，使她娇好的身材
增添了一种结实的美
月光挽着秋天静立肩头
我的姐姐一言不发

滑过头顶的梳子将她凌乱的幸福
梳理进对面的镜子

亲人围坐面饼似的场院
时间和风像两个性格截然不同的孩子
谷穗和苹果的香味阵阵袭来
亲人们站起身扭头看一眼远处
沉甸甸的田地，忍不住
畅快地活动一下关节粗壮的四肢
亲人啊，这是月光多少次
满脸慈爱地目送你们回家

陶罐

只一眼就注意到农妇手中
的陶罐。这说明你的目光
十分敏锐。十月的乡路上
一只陶罐的重量使农妇的
手握成拳头，陶罐便成为
农妇身上不可分割的一部分

十月的乡路起伏不平
农妇的影子忽高忽低
如果非要问起农妇手中的
陶罐是否平静，我只能
红起脸指一指农妇颤动的
乳房让你看

这是一位籽粒饱满的农妇
籽粒饱满，对了，就是禾苗
在风调雨顺阳光充足的年景下
结出的那类种子

陶罐随农妇饱满的乳房颤动

陶罐与地面的距离
约等于路边摇摆的野草的高度
陶罐以上的空间蕴含着
难以表达的美和无穷无尽的容量

只一眼就注意到陶罐上的鱼
这说明你的目光如水
十月的乡路上，一条和陶罐
一起从烈火中游来的鱼
将农妇丰润的手指含入口中
这说明农妇身上有一种不可
抗拒的诱惑

十月的乡路起伏不平
陶罐里的水随农妇的心情一起荡漾
日光照射强烈的一刻
鱼肯定游到了农妇的最深处

农妇的脸上依旧安详
像她手中的陶罐永远保持着
一副为人解渴的面容
日光强烈的一刻，如果有人
非要坚持鱼还静止在陶罐上
我情愿承认是我游到了农妇的
深处

美丽的天空放牧着羊群

美丽的天空放牧着羊群
我的妹妹在下面愉快地生活
偶尔高扬的目光脉脉含情
这是十月和秋天
阳光穿云破雾来到村庄的身边
妹妹低声哼唱不知名的小曲
细心照料晒场上的谷子和玉米

妹妹耳后的黑痣像一小片珍贵的夜晚
星光时隐时现。潺潺溪流
是她甩向远方的发辫
我的妹妹不声不响坐在月亮的对面
秋天使她安宁
劳动的幸福使她微微有些疲惫

收获过的田亩一览无余
妹妹辛勤描绘的风景转眼不见了
这是收获过的十月
与无边无际的泥土相比
等待入土的种子多么渺小
但我丝毫不怀疑它们会在妹妹的呵护下
蓬勃起来，淹没一切

十月的秋天道路宽敞
风戴着老花镜反复挑拣树冠里的黄叶
妹妹拖着长长的影子归家
肩上的玉米和谷子统统沉重成粮食
炊烟袅袅绵延上高空
村庄像一只大蜘蛛
多少年了，我还能清晰地忆起
妹妹肩负粮食自投罗网的情形

天色微明

我一次次深入这早晨
天色微明，大地的面颊
在寂静中徐徐展开
还有什么
没有经受过黑暗的洗礼

渗透草根的乡下
七只绵羊像七位性感的农妇
横竖躺卧成海岸
或者相互拥靠成山峦
她们丰满的轮廓
让满是泥土和石块的生活
充实而风情飞扬

冬天的早晨雾色奶白
候鸟到远方寻找新居
剩下的留鸟在老家的周围
反复摆弄一片烂熟的天空
七只绵羊在鞭声的指引下
依次走过整洁的堰边

这是曾红火过豆角和蓖麻
的堰边。豆角细长、鲜嫩
戴着紫花。蓖麻一抽穗
就密过天上的星星
旺盛的豆角秧曾缠住过
一双青春的男女。他们
娇贵的恋情就是在硕大的
蓖麻叶下蔓延开的

而现在是冬天。早晨
七只绵羊有条不紊地走过
沉着，冷静，眼里含着
迎接新一天的喜悦
像七位忙于事务的农妇
我草草构思的这首诗歌
丝毫不能惊动它们

醉卧乡下

醉卧乡下。看雪迟迟
缓缓地到来，又依依
不舍地离开。一种颜色
与我擦肩而过

最后一片树叶被风
带走之际，突然
回望一眼，我感到
有一种滋味，很难
轻松地咽下，也很难
轻松地吐出

醉卧乡下。长长的雁阵
唤醒天空的伤感
我的眼睛被枫林烤红了
山该是一把倒立的刀子吧
路过黄昏的太阳鲜血淋漓

从一块石头摸到夜的黑骨
从一粒米咀嚼一段岁月

面对祖辈的坟茔
我该说些什么

醉卧乡下。和熟稔的
乡人一起出没村庄
庄稼的声音像绳子
默默捆缚我。从一个
地头到另一个地头
步履沉重，我弄不清
以前那些雄心勃勃
准备远走的想法是不是
一种罪恶

活在乡下

活在乡下。你便拥有了
同遍地的杂草一起生长
的经历。杂草们长着长着
突然不长了。你还在长
所以你感到了幸福

村庄的周围总有一些
供你发挥想象力的地方
某棵老树、某座老宅
你在伸手不见五指的夜里
梦见光彩夺目的宝石

下雨了。弯腰躲进路边
的石屋，里面恰巧躲着
一个避雨的女子。后来
她红着脸做了你的妻子

活在乡下确实是一种幸福
挖一个深坑埋起一生
多少多少年以后你的坟墓

突然被误认作埋藏某个
大人物的地方。生前
做梦也想不到的荣耀
顷刻让后人创造了出来

泥土

泥土不会说话
以无法描绘的形状
或疏松或坚实地
密布在我们生活的周围
以很好的质地使大地
瘦削的骨架饱满起来
透过季节斑驳的栅栏
我们吃惊地发现
泥土以不易察觉的毅力
养活了各种各样的生命

在时间反复揉搓的空间里
泥土信守宽厚、随和的美德
任我们拓展出田地、道路、村庄
或者烧制出精美的瓦罐
在我们生命的终点
泥土毫不犹豫地敞开胸怀
将我们缝合进它的身体
我们竟来不及道一声感激
之后的日子，谁也不能

把我们从泥土里抢走

我们多像一棵庄稼啊
被泥土亲切地含在嘴里
我们的生命被吹响了
在这美好的音乐里
我们幸福地舞蹈
并且在泥土的奉献中
延续了种子
疲惫不堪的时候
是泥土屏住呼吸支撑了我们
起于泥土又归于泥土
这是一个多么漫长而又
短暂的过程

村事

天气转凉。农业和村庄
安顿下来。河道上
水已落得很低，镜子般
失去天空的过往
而道路依然朝远处延伸
两户人家的红白喜事里
同时隐现一支曲子的身形

不眠的人依稀看见理想
中的未来。大醉的人
将一只鞋子牢牢压在身下
有人坐在高高的围墙上
说苍茫，说落叶，说
一个婴孩模糊不清的身世
听见的人抬起头来。恍惚间
他们也坐到了高高的围墙上

卷八

深呼吸

与你独处

与你独处，其实
是一种难得的安宁
鹰拉平双翅在高空滑翔
白云止步

而花儿盛开。蜜蜂
与蝶的吟唱透明
谁看见木器重返森林
房内的一切玻璃一样
梦进水里。我就是
那只拉平双翅在高空
滑翔的鹰啊
此刻我斜依沙发的姿势
俨然是春的缩影

房内的一切玻璃一样
梦进水里。我情愿
是一只盛满水的杯子
如果被你端起，你便
获得了我的沉重

被你忽略，我也依然

延续着盛满水的梦

笨笨的样子

喜欢天气一天天变冷
喜欢你身上的衣服
一层层加厚
喜欢你戴了帽子
头发露在外面
眼睛忽闪成鸟儿
幽幽地，在巢穴口
探头探脑

喜欢你的手
喜欢你握紧的拳头
喜欢你手背上
攀缘的小青筋
喜欢你的手指
藏进棉手套里
叽叽喳喳让我猜
喜欢走在路上的你
笨笨的样子

整个冬天我都在说话

我在旷野里说出了树根

在黑夜里说出了灯

在天空中说出了雪

我敢对着刀尖说话

却不敢对着你

我怕将包裹、呵护你的

那层薄薄的温暖说破了

露出被冻红了的你

生日诗

如果能够，我要让这座城市
穿起盛装。不为诞生
只为祝福你在尘世这艘大船上
颠簸了那么多年

我要空出一条街道
将你的衣柜打开
让街上大大小小的楼体
装扮成你的模样

我还要空出一条街道
拒绝礼乐和杯盏
邀请一场雪，从清晨
静静堆积到黄昏

我要让这座城市
用地标呼唤你的童年
让家家户户的窗玻璃
映出稚气的光

我要在这光里
找回你的青春、梦想
和这么多年生命里
红得让你伤感的那一滴血

我要让这座城市
矮下一截，不为托举
只为抖去古老和沧桑
姐妹一样与你携手成长

我要在你的门前和楼顶
点满蜡烛。掩起燃烧
用清澈而滚烫的烛油
把你的眼前和天空照亮

瞬间

这时，我看见往事
看见道路上两颗同时
出发的心。跳动的两颗心
像算盘上的两粒珠子
被一只来历不明的手
轻轻拨动。珠子灰暗
包含的数字明亮
并在一起是一个更大
的数字。两粒珠子
被按在算盘里便注定了
从数字中站起，又将
被数字淹没。两粒珠子
两颗心。往事灰暗。这时
我又看见那只拨动珠子
的手

刺青

要刺就刺你
把你的掌刺在我的掌上
轻轻一握
如果感觉不到你的拳头
我要忍痛把你的手刺得
再深再大些

知道你喜欢我握着你的手
怕你滑脱时的那种恐慌感
这和小时握着泥鳅或鱼不同
河已断流，我对鱼或泥鳅
出没的水草、幽幽的卵石罅隙
了如指掌

每一次洗手我都要
留意一下你的掌
在我的掌上陷下多深
直到青色和凹痕褪去
你的掌陷进我的掌
你的手成为我的手

截图

把一个人从一群人中
截取出来，是一件
特别快乐的事
明摆着就是抢亲
别人却束手无策
看着她孤零零立在对面
还保持着群体中一员的
俏姿态，顿觉
做个"劫匪"也挺美好的

出行

你就是我的行囊
我愿背在肩上，时时
刻刻感受到你的重负

与你相拥走进站口
我愿接受前方
来自任何关隘的安检

有什么嘟嘟嘟响起来
我并不意外
我的爱既有金属的硬度
又有刀子的锋利

爱就是一次出行
纵有千山万水
都是在你峭壁悬崖上的
旮旮旯旯里走

黑夜

从那时起，我喜欢
上了在黑夜里说话
黑夜里有金银财宝
我的话说对了
它们便亮一下
说错了它们会亮两下
亮一下，表示我把
金银财宝抓在了手里
亮两下，说明抓住后
又丢了

我不在黑夜里笑
不是因为在黑夜里
我不会笑。我一笑
黑夜就放心了
我不笑，黑夜就会
变着法子哄我安慰我
我喜欢被哄被安慰
从那时起我在黑夜里
忍着不笑出来

从那时起我的耳朵

在黑夜里特别灵

我听见沉沉的黑夜里

又挤进一层黑夜

黑夜越沉重幸福越安全

我听见幸福在黑夜里

缩了缩身子，像在请求

黑夜将它裹得更紧些

爱情

站到高处的时候
我并不想望远
我喜欢垂直地往下看
并毫无节制地揣测
从这里跌下去
会落到下面的
哪个地方

如果下面是水
我会催促自己
赶快与某人相爱吧
如果是一片树林
我会草草地掂量一下
鸟的生活
如果是一块草地
突然发现今生今世
我并不想做万绿丛中的
一朵花

最希望下面是什么呢

一次我逼自己抢答一样
心无杂念地说出答案
我脱口而出的是
石头。话音刚落
顿觉，全身的骨头
电闪一样充满斗志

印象中站得最高的一回
是在泰山顶的探海石上
低头慌慌地看一眼
下面缠绵悱恻的云海
慨叹道，世上最缥缈
又让人前赴后继的该属
爱情了吧

深呼吸

吸气，吸进一个人
把她的鞋子呼出来
把她的衣服呼出来
把她染在头发上的颜色
呼出来。一个赤裸的人
活在你的肺里

到春天走走
拿鸟语花香喂养她
少喝酒。小心
醉后把她弄丢了
戒烟吧。把肺
收拾得干干净净的

一个人活在你的肺里
把她需要的吸进来
把她呼出的呼出去
闭上眼。她不声不响
走出来。和你并肩
躺在一张大床上

她的身子跟你希望的
一样洁净

你的呼吸一天天减弱
终于停下了
肺里的人还活着
和你一起爬烟囱
天空那么高
你们追赶着往上爬
唱一支熟悉的歌
下面的人扬起脸往上看

好天气

难得这样的天气
像遮盖尘世的一切
都敞开了

好天气让我想念一个人
穿淡色衣服
说普通话
在一条不太宽敞的路上
小心翼翼地
维护着青春

我的名字诞生那天
天气肯定也这样好
父亲凝望天上太阳
朗照的云彩
说，就叫云亮吧

父亲希望我的一生
像那天的云彩
又高又白
明明亮亮的

我在看你

我在看你。我是说
我俩之间隔着另外
一些人。我得绕过
一大片带刺的目光
和一小绺精心梳弄
过的藏在耳后的头发
才能嗅到一棵树上
果子的香味

我在看你。我是说
今天天气很暗
只要你启动睫毛
或者一尘不染的脚尖
让我误认出一个小小
的暗示。我就会
奋不顾身地打开那张
擦得很亮的玻璃
当然会有风长驱直入
我甚至暗自构想并
沉沦进过两只蚂蚱同时

被拴在一条线上的幸福

我在看你。我是说
我俩之间的那些人
越来越影响着我的视力
又无法对其视而不见
此刻，只要你承认
你也陷进了与我相同
的境地，我俩之间的
屏障就会烟消云散

我在看你，我是说
我的目光已经失控
倘若妨碍了你的生活
请你原谅。如果根本
就没有引起你的注意
那么请你选择一个
无所事事的闲暇
随便坐在一棵树下
想想究竟有没有
一些珍贵的东西
正在被你错过
如果没有就算了
我是说如果真的没有

我在看你。我在看
一种怀刃的气质
我看我的理性是否
还在颈上。我看
我的疼痛在生命途中
突然高大起来的情形

我想把不幸领进诗歌
我想坐进旋涡的椅子
固守沉沦。我想误入
鱼腹侥幸被吐出来
我想托流水把一个
全新的我涌到你的岸上

我要锻造二十四根铁条
囚禁我的全部
我要封闭成一滴水
在你的额上滚动
我要拿起你的手弄瞎
我的眼睛，停进你
亲手制造的黑暗里
我要大喊一声
毁掉我的声带和耳朵

现在，我把刀刃悬在

心的顶上。悬绳细弱
而且开始断裂
现在，我只关心你
在人群中回过头来
会发出怎样的惊叫

我在看你。我在看
穿着海的礁岩
我在看风缠在树丫
的死结。我在看
前面直立起来的路
我在看一面镜子
我看见了我

春天来了

你推开窗子。一座山
屈膝盘坐在你的对面
像个卜者，你怀疑
那种漫不经心的目光
能否看穿你的一生

山很矮。特别是
屈膝盘坐着
很长时间你在想
山为什么不站起来啊

你就是这样一个明净得
能让我当镜子照的小女孩
有时迈着碎步在高高低低
的人群里闪烁。有时挎着
小包独自一人走过没有门牌
也没有树的街道

春天来了。我打开窗子
目光沿羊肠小道

来到农夫的身边
农夫正在埋头劳作
锄刃陷进土层
锄去杂草和害虫
让庄稼干干净净地生长

我知道你的小包里
装满了音乐、舞蹈
还有一页一尘不染的纸
像一块整洁的土地
那个春天我推开诗歌
和从朋友那里借来的
有关生命和死亡的书籍
生平第一次全心全意
想做一个农夫

看你领着一群孩子唱歌

那个下午很美
那个下午的阳光
像鸟儿缓缓收拢的翅膀
我突然听见歌声
我突然看见了你
那个下午展开翅膀
美美地飞起来

远远地看你
领着一群孩子唱歌
一群孩子在你柔美的引领下
异口同声地冲出自己
你成为一曲旋律的王
你成为一群孩子的王
在我的眼里你是那个
下午的那个世界的王
我从来没有这样挥霍过
我的赞美。所以
你也是我的王

我情愿你成为我的王
情愿你用柔美的手势
将早已从一群孩子里
浮升起的我重新摁回
一群孩子中间。坦白地说
我不是一个好孩子
我渴望被你摁进一群孩子
中间的唯一动机
是获得一个更好的位置
更好，更好地
看你领着一群孩子唱歌

霞光

霞光超越色彩，以隔世的风的性状
吹旺我的炉火。我的燃烧着血、诗歌
和虚无的炉火啊！大地的航船驶向未知
小星座的神话搁浅在人类的舌尖
我背靠先辈的尸骨守望岩石写下的日记
被海水淹没。时空无限。生命在巅峰
建筑的国度顷刻被气体和尘埃覆盖

而我奇遇霞光。她以隔世的风的性状
吹出河流的一滴。一滴水，多么博大的
一个世界。森林里传出天使的合唱
死亡的钟声孤悬于空宅虫蚀的断梁
春天盛开！一只鸟衔着粮食和草叶
飞越人类的局限。晨昏的窗口。一座楼
与另一座楼之间巧妙的漫步者啊
舞蹈的汗渍丰富了美的内容

霞光映照了海面。时间的马匹遁入礁岩
浪涌来，呼啸着鱼的腥咸，梦幻纷飞
赤裸的海啊，哪是你的臂膀，哪是你的

浑圆的结实的胸膛！而我分明感到了
震撼心灵的力量，感到鼓荡的风帆
被方向指引的幸福。我坚信浪尖停止的高度
有天空的唇、流星的尾巴、神
和我背负一生的快乐和痛苦的源头

雨中的泥泞。春天掩面长哭绵延千里的
泪痕。道路翻越群山是否找到渴望已久的
平坦。游云无言。最后的春天啊
既然我没有足够的耐心收拾散落人间的绿色
就让我做一个盲人吧。别给我窗子
别给我一个眺望的窗口。别在靠近门槛
的空地上画一个圆圈，让我焦躁不安地
看着你踏进，又心灰意冷地看着你跨出
我是一个盲人。看不见你被阴天滋润的脸
看不见你没有表情的表情。看不见你绕道
而过的步伐。而这一切是谁告诉我的啊

偏狭的走廊涂满活动的形体。你循着
转瞬即逝的缝隙走过来。若有若无的蛇
小小的芯子集合了一个春天的凉意
结冰的夜晚，我如何为易碎的事物设计出
理想的弧度。而早晨逝去，而黄昏逝去
而午夜疯长的月光逝去。把最初
和最后的霞光融进同一首诗里

谁能读出我一言难尽的诗意

霞光无限。霞光描绘的海
如我滔滔的绝望的截面。而一片静止的
沸腾着的血迹曾是我处在爱情里的
一个兴奋的片段。而霞光消失
霞光消失的海上矗立起一座高大的庄园
我情愿沦为庄园的奴隶。躬身田垄
终日为失去的永恒劳作和歌唱

卷九

我喜欢这样的夜晚

前方

七月让我像"七"字一样
安坐下来。山川隐秘
河流蜿蜒。风挑起手指
教我从变幻的云形辨认
我的来世。我不需要来世
如果能够贯穿，我只希望
我的今生再宽敞一些
左侧多盛下几个夜晚
右侧，留出一个颠倒黑白
的空档。如果还有剩余
就请给我一堵墙吧
让我挡住身后做一个
咬定前方不放松的人
我喜欢前方。我喜欢
不请自来的好运气
我喜欢燃烧黑暗建造的黎明
我喜欢有人一遍一遍说
永远，永远，永远
我喜欢前方。即便给我
一千个山穷水尽的好机会

我也不悬崖勒马
我的马就是我的心
我喜欢骑着我的心一路
飞奔擦亮的呼呼风声
我不悬崖勒马
我的心飞崖而下抵达的
该是多好的一个前方啊

鸽子

你有没有梦见鸽子
梦见天空被鸽子填满了
天空那么大。鸽子
接连不断地落下来
有时三五只。有时
七八只。有时一只
正好砌进三五只
与七八只之间的缝隙里

你有没有梦见黑暗
梦那么小。黑暗
没头没脑地泻下来
你不由自主从梦里浮出来
鸽子那么白
黑暗那么黑
你有没有梦见鸽子
是怎样变成黑暗的

今天

空气里有看不见的昨天
机缘散尽。我曾经拥有的
一阵小跑，此刻早已投奔
到别人的脚下

空气里有看不见的明天
清晨醒来，无论我伸手
多么用力抱紧天上的太阳
都阻挡不住日薄西山
在我怀里的天上
丢下一轮虚幻的月影

走在能看见今天的空气里
我的心里总会涌起一种
没有被昨天和明天挤压的
轻松感

多好的今天啊
胸怀湖水可以感觉不到鱼
被沿路的苦楝树笼罩

并不妨碍望见光彩夺目的

黄金槐

阵雨

早点下会阻止我按时出门
晚点下会护送我及时进门
在龙奥北路，一场雨
与我的关系密切到不计雨披
和伞。雨无端地闯入我
像我无故招惹了雨
借着风我们很快达成一片
时间是短暂的。像途中
被人拉到路边干了一架
像还没有磨亮词语就投入了
一场激烈的争吵。与经历中
那些酝酿许久的变故相比
一场突如其来的雨
来得那么干脆、爽快

街道

寂寞的街道很需要一个人
慢慢走过。繁华泊进记忆
灯光距门牌很近
双手筒进衣兜。一个人和他的
影子在街道上竭力保持沉默
影子时而高大时而变得瘦小
一个人双手筒进衣兜的姿势
变幻出各种各样的形状

街道，街道，街道
一群丰满的物象在灵感里
滚动。一个人停在水果店门前
一段香甜可口的时光被他回味
此刻，多么需要一支歌子
将一个人的心情有滋有味地
唱出来。远处一只灯熄灭
一洼黑暗重重摔到地上

街道，街道，一洼
重重摔下的黑暗

地上移动的影子被淹没
一个人离开水果店门
最后一枚水果从他的灵感里
跌落

街道，黑暗，街道
黑暗，街道，街道
寂寞的街道很需要一个人
慢慢走过。双手筒进衣兜
一个人和他的影子在街道上
越走越慢

夜读家书

明月和初冬响彻村庄

老家的山墙俊美

我早嫁的姑姑丰韵犹存

树探出墙头与邻家的树

深谈不休。若是秋末

该有多少双叶子在风中

达成婚配。少女的眼睛

泊进村东的池塘

情窦初开，灼灼的目光

温暖记忆。如果祖母健在

我真想连夜返回

央她动用满脸的皱纹

重新编织一遍那个伤感

又令人神往的传说

村西晒场如镜

年年照出家家的收成

年迈的父亲，您的来信收到

咱家的田地已经颗粒归仓

这完全在我的意料之中

只是我一直没有勇气

想象您驼着瘦小的身躯
将那么多调皮的籽粒
一步步赶回家的情形

我喜欢这样的夜晚

我喜欢这样的夜晚
大地无人看管
天堂流落人间

我喜欢夜晚这样的时刻
车辆越来越少
困倦的灯光懒得照亮远方

我喜欢这时刻夜晚的街道
脚步声若有若无
打烊的小酒馆忽然
传出一声叹息
仿佛我一敲门
店主人就会拉亮灯光
上酒上菜，不分青红皂白地
邀我对饮

我喜欢这意料中的突如其来
话不会说得太多
酒却一定要陪好

让店主人以后与人谈及
完全像做了一场梦

我喜欢这样的夜晚孕育的早晨
迷迷糊糊醒来
隐约忆起去了一些地方
做了一些事
又不能确定是不是真的

在G4218高铁列车上

途中，陆续有人下车
他们很轻松地带走了
威海、牟平、莱阳
即墨、潍坊、淄博
火车临近我的老家章丘
一些陌生人带着行李
匆匆挤过我的身边
把车门堵得死死的
仿佛是在暗示和强调
这不是我的站
众目睽睽之下，他们
又轻松地带走了
我的老家章丘

当暮霭升起

当暮霭升起，四周
与远方达成一片
我的诗，将模糊成
一座建筑

当四周越来越小
远方，越来越远
我模糊成建筑的诗
与身边的建筑
没什么两样

当四周，收拢成
一个人的影子
远方被关在门外
我的诗还强力支撑着
建筑的轮廓

当一个人在影子里
说出，我还是喜欢
诗和远方。我的诗

突然亮了。推开四周
直接和远方达成一片

梦鱼记

车一晃，梦从觉里
荡了出来
我赶忙伸手去接
我的手僵在空中
像握着一条从缸里跳出的鱼
觉没了。缸也没了
从省图书馆到花园路西口
我坐立不安地僵着手
手里的鱼开始还挣扎着
要滑脱出来，渐渐地
没了声息。从车上下来
我下意识地把手
凑近鼻孔，似乎
真的嗅到了浓浓的
鱼腥味

在路上

在路上，一个疯女人
带给我的心动
远远大于一个穿着入时的
漂亮女人

她为什么要疯
怎么会疯成这样
她还能不能
回到不疯时的样子

我甚至暗自推想
给她洗一个澡
换上干净的衣裳
用写抒情诗赚来的钱
买　只小包
挂在她瘦削的肩上

然后，将她放进面前的人群里
她会不会突然冷笑一声
像破壳而出的核仁

扔掉我推想的一切
继续她疯癫的旅程

醒来

那排风浪滚过街衢
安详的村庄茶碗一样破碎
好人，我看见你的梳子
泪一样落下
又水一样弹起

宁静的露珠
风暴之后脆弱的光明和力量
好人，我看见艳阳的手指
匆忙缩回石头的腋下
将一双眼睛埋入眼睛的深处

冰封河面
水的流动成为一种努力
好人，一种幸福
从你的周身漫起
醒来之后
你自己依偎着自己

高跟鞋

高跟鞋敲打地面的
声音就是冲着你来的
你在前面赶路
对着你的影子敲
你在房里与人说话
对着话语的间隙敲
敲得你不赶路也不说话了
对着你的全神贯注敲
非要敲得你眼前一暗
敲出一个令你失望的
人模样。每个男人心中
都有一双高跟鞋
他们藏着不是用来
敲打地面，而是敲打
自己的心。他们的心
远没有地面硬
没敲打几下就敲不下去了
像穿高跟鞋的女人
走着走着突然崴了脚

茬

如果继续睡下去
我的梦有可能被太阳
硌醒。如果就此投入
晨练。我无意中做出
的一个动作有可能是
人类运动史上鲜有的经典
但因为没有出现在赛场上
无人看见。历史也不会
为此悄悄做下记号
事实上手机的闹钟响了
我伸手胡乱按几下
继续抓牢睡眠
没多长时间闹钟又响
我猛地坐起身
浑身亮着各式各样的茬
活生生像我从这个早晨
身上撕下的一片肉

中年书

天光大亮。那么多
真实的事物依然坚守在周围
我没有理由不在生活里
直起腰身。我要重新建造房屋
不再把破屋滥舍的接力棒
传递到下一个人的手中
我要不停地栽树
让眼前的群山不再光秃秃的
我要在背阴的角落挖沟造湖
让人间多一面照见天堂的镜子
然后，岁月唤人归
我要找一个安静的地方
让骨头悄悄从皮肉里撤离出来
我的皮肉还能喂胖三两茬庄稼
我的骨头支撑起我的身形
绕着家乡奔跑，燃烧，扑地
我情愿人们把我燃烧的骨头
骇作鬼火

卷十

夜济南

植物园

那些高出大地的花儿
压根就没有想到春天
会不声不响切断她们的
归途。那些悄然绽放的
心事，此刻正被颜色
一点点地逼往绝境
那些被飞翔绑架的翅膀
对美和痛的秘密
似乎早已有所察觉
那些香气氤氲的梦想
终于明白大片云朵为什么
极力遮挡通向天堂的路
花瓣在飘飞。人间在坐果
如果你是一个有心人
来到湖边，不出三秒
就会寻到一双水一样
期待淹没你的眼睛

箭标识

可以看作是一支箭
可以看作是一支箭
顶着拉满弓的弦
可以看作是一支箭
正在虎虎生风的途中
可以看作一支箭已经
功德圆满，射中的
只是一个方向
还可以看作是一支箭
一支由于种种原因
已经退役的箭。可以
看作是一支退役的箭
在不甘心地寻找目标
可以看作是一支箭
胸有成竹用它的锋利
诱导你也做一支箭
当然你可以摇摇头
将其看作一枚手指
甚至连引路人的面目
都不需要看清

冬意

人群中不经意的一笔
点破了这个冬天其实
就是一张纸
人人在上面写下了
自己的冷和暖

出租车司机的冷
是迟迟接不到乘客
还要在路上跑
流浪者的暖
是漏风撒气的栖身地
又挤进一个流浪者

在花园路七里河路交叉口
一个卖白菜的老太太
让我同时撞见了她的冷和暖
不用说，她的暖是刚刚
卖出的那棵大白菜
她的冷则是被买主顺手
掰下的两个沉甸甸的白菜帮

值得欣慰的，是我的冷

和暖还能够自己培养

冷了可以自顾将身体抱紧一下

热了可以把扣紧脖颈的纽扣

解松一下

大明湖北门

每每，公交车报过此站点
就觉得有人在那里等我
穿古装，说的却是现代白话
贴旧时花黄，鞋子里却是
未裹过的藕一样自然生长的足
她知道我不喜欢人多的地方
特意选了个僻静角落
她知道四目相对我会有不胜
酒力之感，所以头一直低着
她知道我对尘世有太多的感慨
所以若隐若现，恍若隔世
她知道走近她时我的心会跳出来
所以提前把心掏出来捧在手里
两颗心，像两只觅食的鸟
交颈厮磨。又像推杯问盏
然后，扑扑棱棱飞走了
我们的神秘相聚，又是一种
神秘的消失。从此大明湖里
的水，有时会无端地响两声
湖边的树，有时会无端地

落下两片叶子。岸边的草坪
有时会无端地陷下两洼凹痕
像是我们盘踞于此，开始了
旷日持久的恋爱。又像
我们天马行空，兴之所至
偶尔沾了一下大明湖的边

BRT5

从全运村到火车站
BRT5公交车一路蛇行
燕山立交驱其向北
洪家楼牵其往西
整个线路的核心行程
像蛇扭头看见青蛙
迅猛地捕获
慢条斯理地咽下
舒舒服服地打点进胃囊后
不慌不忙去赶火车
我乘坐BRT5上下班
感觉自己有时像蛇
有时像青蛙
做蛇的时候整个城市
就是一座蛇岛
蛇挨蛇，蛇靠蛇
缠成一个大大的蛇疙瘩时
只有沉进蛇洞蛰伏了
所以，我情愿做青蛙
虽然有被吞食的恐怖

但比大睁着眼睛玩蛰伏
好熬得多。尤其是
滑进专用车道那段
迷迷糊糊打个盹
连梦都被彻底消化掉了

高架桥

高高地架起。让车
玩滑梯，体验一把
孩童的快乐。让车
学肥皂，给这座城市
洗洗背。让车行着行着
突然高于其他更多的车
满足一下虚荣心
然后天黑了，缩成屋宇
呵护一夜那些低低地
生活在矮处的人
高架桥啊，我知道
你一直怀有翅膀的梦
因为这座城市的拖累
迟迟不能飞起来
在我心目中你一直在飞
是驮着这座城市在岁月里飞
飞机上俯瞰，一座
没有高架桥的城市
是涣散、羸弱的
而一座拥有高架桥的城市

透着一种双手抱于胸前
直视前方的坚毅
时光倒退，有幸重温
爱情的醇美，我会带着恋人
肩披夜色，爬到蜿蜒盘旋的
高架桥上。有车驰过
高架桥抖动翅膀，让我们
在黑暗、速度和微微颤动
的高的簇拥下
挨得更近、更近些

佛慧山

佛慧山是济南的

我住在济南

佛慧山也是我的

我爱的人来到佛慧山

我多想山上的"佛"

和"慧"也是我的

佛慧山，请把这个春天

开出的第一枝花送给她

我不要花的美

我爱的人比花美

我不要花的香

我爱的人比花香

佛慧山，我只要你

一连串采摘、递送的动作

让我爱的人，爬累了

看见我正捧着满山的爱

在台阶上迎她

西营夜饮

对于外乡人，白天的西营
怎么看都脱不了旅店的嫌疑
而天一黑，家的迹象次第显露
驱车过西营，不由让人生出
下去喝几杯的冲动

对于饮酒，我还是迷恋于
举杯一饮而尽的豪壮感
尤其是当着西营大好的夜色
有几个喝啤酒、红酒、酒里
掺水的酒场上的伪装者陪着
说是视死如归，大义凛然
也行

孙吉国谈他的研究院
让人听出打理国家一样的难
李光谈他的画和字
让人觉得莳弄庄稼一样的易
我之所以不谈诗不谈小说
是因为在我看来写诗写小说

既不及打理国家那样难
也不像莳弄庄稼那么易

谈到未来。李光说
他死后哪里也不去
就让孩子把他埋在画院里。
同伴们面面相觑，肯定是
把他经营了多年的画院
与他的心啊血啊的联系起来了
其实，这是一个多么
轻松的话题。无异于
将生命中最后一幅画
挂在院里的某个角落

夜济南

城市一盏灯一盏灯地静下来
被拥挤、吵嚷了一天的站牌
站着就睡着了。大把的灯光
像大把贬值的银两，因为无人
哄抢，落寞也大大地贬值
从小纬二路迷失进大纬二路
用不了半个小时；从大纬二路
退守回小纬二路，同样
用不了半个小时。外出归来
我的疲惫，很快爱上了城市的疲惫
城市一盏灯一盏灯地静下来
一盏灯一盏灯地亮起来是一种静
一盏灯一盏灯地熄灭是另一种静

十字架

站在十字路口
与哪个方向的来人
有擦肩而过的缘分
我说了算
但我站着不动
我想让来自各个方向的
更多的人与我擦肩而过
这个早晨
我站在缘分的中心
缘分的中心有时像旋涡
来自四个方向的人
同时背离我
有时像峰顶
我被四个方向交汇的激流
一再推向高处
更多的时候
来来往往的行人不断
我像被牢牢地钉在了
十字架上

在舜义路舜贤路交叉口

我的心突然亮起来
仿佛在为我照明
怕我在阴天里走迷了路
我真的差点走迷了路
在舜义路舜贤路交叉口
我看见东、南、西、北
四个阴天同时对我招手
我不能选择其中的一个
我只能将自己分成四份
顺应了它们的召唤
在舜义路舜贤路交叉口
我感到我被四个方向拽疼了
先是身体，后是心
我预感我的心会撕成四盏灯
继续为四个我照明
在舜义路舜贤路交叉口
我听见灯泡打破的声音
我的心灭了。我听见
我的心用黑暗对我说
即便分成四份

我也只能是一个我
在舜义路舜贤路交叉口
我的心用黑暗为我照明

那棵树

那棵在秋天死去的树
似乎与节气达成了默契
它的叶子不是一片一片
次第落下。而是在其他
树上的叶子落下将近一半时
蓦地僵住了。其他树上的叶子
并没有注意到这个细节
还是一片一片次第落下
同样它们也没有注意到
它们还没有完全落下
那棵死去的树早已光秃秃的了
接下来就是漫长的
没有叶子参与的冬天
来年那棵没有醒来的树
自自然然地落在了队伍后边
园林工人在绿化断档处
挖去枯树，栽上新的
新栽的树一点也不认生
活动活动腰身便小跑着跟上了队伍
那棵死去的被遗弃的树并不急着追赶

它知道还会有一些树次第死去
不出几年它就会被一些
晚于它死去的树簇拥到前面

市声

市声传到耳边
突然变得小心翼翼
仿佛拿着漏斗，生怕
想让我们听见的几滴
落在外面

更多的时候
我们对市声
保持了拒绝的态度
充耳不闻
置若罔闻

有人干脆戴上耳机
到了懒得
与市声费话的地步
全然不顾市声里
也有我们的爱和责任

市声像极力要干一件事
却又不得要领。有时

会瞄准一些抱着乐器
全神贯注的人。走近了
才知道他们是对市声
旗帜鲜明的反对者

清晨的龙奥北路

眨眼看见远处
正在变小的人
和正在消失的
车辆。所有的远
似乎都是从近旁
抽走的

我在路旁石凳上
缓缓坐下来
环顾四周，像是在
一一清点着什么
又像是一一
发现了什么

清晨的龙奥北路
空阔中不时传来
几声类似挣扎着
不被抽走的声响

两张网

各样的鸟鸣自奥林匹克
运动中心花园的树荫里
筛落下来。我们凭借鸟鸣
敲打耳膜时用力的大小
和粗细推断鸟的模样
我们总是把这些没有
看到的鸟和曾经见过的鸟
联系在一起。不知不觉中
我们为奥林匹克运动中心
花园里的鸟编织了一张网
也为处在奥林匹克运动中心
花园里的自己编织了一张网
我们常常坐在奥林匹克
运动中心花园的连椅上
心平气和地把两张网
归并成一张

卷十一

漠地

过龙洞隧道

车辆夸大的声响
并没有让我产生恐惧
我心平气和地走着
只有车辆断流的间隙
才让脚步响几声
在隧道里，我试图
变得悠闲、懒散
一次次我的声音融入车辆
夸大了的声响的当口
我总是忍不住停下来
像是有意证实隧道里的我
有没有成为车辆、隧道的
一部分。在隧道里
我一次次睁大眼睛
努力不把壁上的任何
一盏灯看成天上的星星

雪野湖

湖水通人性。带着
怎样的心情来就会陪了
怎样的心情伴你

湖水有善意。绕着
还没有转上一圈
就让你感觉饿了。而且
众多菜名里最引人注目的
都是雪湖鱼头

起先，以为湖水是蹲着
画舫上俯首
才察觉湖水是站着的
一九五九年建湖。雪野湖水
扶着三面的山站了六十年

湖水如人面。风一吹
就皱了。待风停下
却不会像人一样
那么迅速地展开

怀古

火车过泰山西北的山脚
我被满坡的柏树吓了一跳
那么多人争先恐后往山上爬
却不弄出丁点声响
分明是一场战斗前的寂静

想想手头没有山上任何人的电话
想想火车到了下一站
再下车赶往山上报信为时已晚
就觉得以后再也没颜面
到泰山游览观光了

即便不顾及颜面去了
心里肯定怀有愧疚
之后的行程，好几次
为不小心把自己虚拟成满坡
偷袭的柏树中的一棵而不快

临近费县站突然灵机一动
做一棵攻打泰山的柏树

未必是一件坏事
关键时刻大喊几声冲啊杀啊
既有通风报信之功效
在攻山方又不失为
沾点瑕疵的英勇之声

这样想的时候突然意识到
历史上肯定有很多人
这么干过

石屋

在石子口村
有人面对一座
废弃的石屋
依依不舍
迷离的眼神
让我轻而易举识破
其匆忙构思的一个
爱情故事：

高高大大的一座石屋
横梁却是木头的
石头和岁月的重压
使木头弯曲，断裂
那轰然的一声巨响——
怎样的一双恋人
才配得上这样一座
石打石的墓啊

锦阳关

齐长城的几弯残眉
丢在章莱边界附近的山上
有人摇摇晃晃爬上去
像齐长城突然睁开的眼睛
他们不是在看天
他们在审视历史

瞭望台下，老孙举着
相机给上面的同伴拍照
我在老孙旁边游荡
怎么看，都像是老孙
在向一群弃城投降的人
喊话

几位卖野鸡蛋的
本地妇女从天而降
一块五不卖
一块八也不卖
她们对两块钱一个
野鸡蛋的价格的坚守

让我无端地揣测

历史上的这段城墙

还算坚固

游澄波湖

最最休闲的，似乎是
湖里那些叫不出名字
的鱼儿。长身，瘦体
小心翼翼捧起一串气泡
倏忽不见了

从水下到水面
从水面到水下
像专程为我而来
更像因我而逃

水深过尺要耐看得多
它们游动，隔着厚厚的
玻璃，安恬而自信
突然静止不动时
如一双双凝望的眼睛

我正追忆这样的眼神
在哪部电影或电视里见过
有游人凑到近前，兴致

勃勃道：这样大小正好
破肚，捏出脏器和污物
浪费点好油，只要把握
准火候，非常好吃

鱼儿转向游人的目光
明显亮了许多。想起来了
这分明是电影电视里
都有过的一见钟情的恋人
与恋人相互对视的眼神

题聊城张自忠将军纪念馆

回首那次战争
精疲力竭，寡不敌众
终于倒下了的将军
又从血泊里站了起来
此刻，最能说明问题
的武器当然是眼睛
将军目光如电
灵魂的对决中
一等兵藤冈军威扫地

应该说，中队长堂野
是胆怯的，迫不及待的
一枪，正暴露了他
兜藏不住的恐怖
然而头颅中弹的将军
并没有倒下
将军要用生命的最后一息
给一等兵藤冈上堂军事课
什么是军人什么是英雄

事实证明，一等兵藤冈
是一个彻底的失败者
灵魂的对决中
他抬刀竭力猛刺的举动
正好塑造了丧心病狂
不堪一击的弱者形象

将军倒下了
将军的目光却站了起来
南瓜店十里长山
耸起一座高峰：
"张上将自忠弟
千古荩忱不死"

漠地

驼队拄着铃声融入风暴
沙漠、仙人掌、退缩
一隅的绿洲，合力高举起
一只鹰的飞翔

猎人打磨雪亮的情歌
割断了谁的脉管
夕阳鲜红。十八只海碗
依次排过狼烟的戈壁

一声长嘶卡在土崖胀裂
的喉咙。这是漠地
这是否就是大地最初
或者最后的面目

人群的气息飘过堆满风尘
的沟壑。汉子的精血熄灭
幽幽磷火。迷失的少女
在穿孔的骨骸前发出
一声源自心底的号啕

背对大漠，我们所能记住

和幻想到的，依旧是

驼队拄着铃声融入风暴

望梁山

极目远眺。阻挡我的
是一堆马儿似的云
像是刚吃完草料
悠闲，疲惫，懒散
广大的天空为它披上
一层霸气。它要把
我的幻想践踏在途中

也许是一匹战马
从古战场落荒而逃到今天
主人中箭身亡。马
现在驮着的是他一世的
英勇和血淋淋的叹息
射伤他的是他同父异母
的兄弟

或许就是一匹年老的种马
挥霍一生的精血
却没有赢得爱情。创造了
遍地的子嗣，却没有一个

肯靠近他喊一声父亲

极目远眺。一堆云幻化
成的马群窒息了我的想象
我不甘心让步。在一座
窗前烦躁不安，我深知
真要摆脱开那群马的困扰
还得借助一阵风的力量

谒曹植墓

一滴血，在身体里
是一只红色的鸟儿
扇动更红的翅膀
在一个人的森林里飞

它没有迷失方向
它在躲避瞄准它的枪口
它没有与谁同流合污
它在不停地抖落弥散于
一个人天空里的浮尘

一滴血弯曲的历程
令巨大的时光后退
一滴血张开翅膀
飞满一代代人的凝望

一滴左顾右盼做出
等待你的样子的血
就是你啊！一滴血
等了你那么多年

一滴血目睹了滚滚

而来的苦难。一滴血

不是打开伤口匆忙奔逃

出来的那滴，真正的

一滴血，榨干骨肉

也不能把它逼出来

观沧海

在北戴河，看到的是海
飞机隆隆闯过天空
沙滩上蹩脚的摄影师
为一对新人导演刻骨铭心
的爱情

风扯地，云抱天
朝气蓬勃的同伴
在左冲右突中拥涛抱浪
但他驾驶的不是快艇
是一款正在畅销的手机
朝气蓬勃的同伴正在恋爱中

远远望去，栈桥
像一把匕首
因为没有触及心脏
大海依然汪洋恣肆
而游人分明踩着这把
匕首听出了它的不安

"大海啊全他妈的是水！
"辣椒啊真他妈的辣嘴！"
同伴突然狂暴成海
潮水奔涌。从扔在岸上的
新款手机推想，同伴的
朗诵天才可能与他最后
迫不及待接听的电话有关

风从海上来

风从海上来。抵达济南
腥咸已经散尽。所以
昨夜梦见被什么绊了一下
我没有怀疑到海
而是将目标直接锁定了风

风从海上来。奔跑时
模仿过海的波推浪涌
怒吼时重复过海的咆哮
翻卷时演绎过海的漩涡
疲惫时干脆抄袭了海的
宁静。清晨拉开窗帘
风正把树上的叶子吹动成鱼

风从海上来。沿途扔掉了
海的亮眼睛和宽肩膀
却没有丢弃海的坏脾性
和蛮力气。风从海上来
一路上涂涂画画，用尽了
海的颜色却怎么也不肯说出

海让它究竟要转达什么讯息

傍晚，在书橱看到两枚贝壳
突然意识到，风很可能把大海
写给我的信弄丢了

祭张良

之前，从文字里敬仰你
此刻，来到你悟道修行
过的地界了
子房兄真是好眼力
若不是与章丘相隔遥遥
这里的石英砂岩
该磨破小弟多少双鞋子了

章丘，济南，长沙，张家界
小弟正患感冒
一路上咳嗽连连
随身携带的药片忌酒、忌辣
被搞得心烦意乱时
突然神清气爽了
子房兄，小弟来到你
悟道修行过的地界了

子房兄是干大事的人
刺秦王，复韩室
圯桥忍辱受书，佐刘败项

大丈夫的英名
把兄的衣兜撑得鼓囊囊的

运筹帷幄之中
决胜千里之外
……这是刘邦那厮夸兄的吧
真是站着说话不腰疼
他哪里知道兄的帷幄
远比他的江山辽阔
远比他的社稷沉重啊

子房兄真是神龙见首
不见尾啊！激流中抽身一闪
所有指向甚至有可能指向
你的利刃当啷落地
苦了害考古癖的后人
费心劳神到处考证兄的墓穴

兰考、沛县、微山
还有现在导游正指给我
看的青岩山
这些都无所谓了吧
兄的尸骨早已扎根于
秦汉的历史里

黄石寨

请允许我在虚拟中落魄一次
倒退一百年，要么就更早
我的家乡水深火热
贪官污吏欺上瞒下
恶霸歹人横行乡里
百姓涂炭，民不聊生
总之我在家乡待不下去了
离乡背井的时候
最好取了某个鸟人的狗命
这样我就来到了张家界

黄石寨是个占山为王的好去处
绝壁悬崖，树木繁盛
一夫当关万夫莫开
我不是王。我是跋山涉水
投奔来此的流落者
衣衫褴褛，气息奄奄
被喽啰们押着准备开膛摘心
献给大王下酒的关头
我突然破口大骂

这一通骂让我成为大王的
贴身侍从

接下来便是与世隔绝的
山寨生活。大碗喝酒
大口吃肉。因为牵挂家乡
的父母兄妹，声泪俱下
面对照花眼的半洞白银
行侠仗义的种子一直没有
发霉腐烂。月光下
与并肩巡逻的兄弟互道身世
我们的双手紧紧握在一起

"不上黄石寨，枉到张家界。"
当年和我一起大碗喝酒
大块吃肉，今朝有酒今朝醉
明日愁来明日愁的兄弟
似乎早就料到曾经旌旗猎猎
戒备森严的霸气寨子
今天会只剩下一个
由西南往东北倾斜的
空空的大台子

雾庐山

把身体藏起来，让庐山
听听我的心跳和呼吸
此刻我的心和它的心
是一起跳动的
它的呼吸就是我的呼吸

从如琴湖饭庄走出来
手里拿着伞
却没有撑开
连绵细雨飞针走线
她把我当成补丁
要缝在庐山的身上

牯岭街有一块石头
明明从地下拱出来
人们把它叫飞来石
它才是一个地地道道的
大补丁呢
用自己的重量
把自己缝在庐山上了

浓雾的庐山
我不想被连绵细雨缝住
我想做硕叶上的一滴露珠
被发自心底的风吹着
沿着你曲折幽深的脉络
自由而饱满地蠕动

卷十二

打碎玻璃

今晚的月亮

今晚的月亮安宁
洗净树枝和房顶
像刚得到安慰的妇人
面目温存
美丽的疲惫映在水里

今晚的月亮陪伴大地
满怀种子和爱情
气温升起春天的谣曲
月亮陪伴的大地上
生命远远高过死亡

今晚的月亮不忽视我的存在
黑暗统统被赶进角落
我像人类情感中最优秀的部分
面对远方泪光闪闪
美丽的远方躺满了尽头

鸟

风吹树摇。鸟绷紧翅膀
提起自己的身体
待风过后又轻轻放回
原来的位置
好像什么都没有发生
周围的景物通过眼睛
渗透进鸟的心里。很快
鸟恢复了对世界固有的
看法

鸟开始打盹。先是
左眼里的景物掉到地上
接着又是右眼
鸟感到浑身轻松多了
梦里也不能忘记飞翔
浑身轻松的鸟张开翅膀
那种熟悉的居高临下的快感
绿草一样长满了全身

鸟醒来。记忆中的花朵

时隐时现。鸟皱皱眉
脚下的树枝咔嚓断了
失去树枝的鸟
提着自己的身体飞来飞去
疲惫不堪时眼前突然一亮
鸟和地面的距离
就是一朵花啊
飞得越高开得越灿烂

沿途

花未开。叶未发
走在路上，不知
不觉走到了树上
树是躺着的，无须
攀爬，却要分辨枝杈
高大的树冠离天近
离我远。细柔的枝条
容易折断。有时
幻想枝叶婆娑处
来一个闪展腾挪
虚实间突然察觉
路就是路，哪来的
树啊！噩梦中醒来
惊出的汗却是真的

风和日丽的一天就这么过去了

风和日丽的一天
就这么过去了
生命的墙上又高出
一块砖。这砖
看起来那么孤单
还有点伤感
让人怀疑它的风和日丽
是不是真的
风和日丽的一天
就这么过去了
还有更多的砖
更多让人怀疑的风和日丽
陪伴它，平衡它
把生命的墙一层层地
垒上或者垒下去

四月

我没有浇水
花就开了
我没有施肥
叶子就长大了

四月，来到户外
想想眼前的好景象
多多少少，都不能
与我扯络上点关系
就觉得自己是一个
多么无用的人

可我，还能厚着面皮
写诗。自以为是
撒腔拉调，说到底
就是掩人耳目
将一点小私心
藏进几个词里

而四月宽厚

按部就班地派送日子
并叮嘱叶子和花
不要和我过不去

抚摸月光

月光，温柔的火焰
黑暗的内心被你打开
石头在乡下泛起
丝丝暖意。被你召唤
我没有理由不走出来
亲近月光就是赴感情的
约会，饮饮一杯少一杯
的酒

石头在乡下泛起
丝丝暖意。温柔的火焰
万年不减的大爱
我在寂静中感受力量
心灵之水静静流淌
幸福又一次肯定了
我的拥有

抚摸月光，就像
抚摸自家仓里的粮食
自家亲手缝制的衣裳

被月光召唤
我没有理由不走出来
饮一杯少一杯的酒啊
一生中有多少杯
供我啜饮、醉倒

枝头

枝头不是尽头
一棵树在春天
做一个上抛的动作
然后缓缓垂下来
我们有理由将枝头
看作开始的地方

一棵树缓缓垂下来
说明它所抛出的
已经越来越远
沿树上抛的方向望去
我们看见了风筝、鸟和云彩
看见了雨、雪和闪电
看见了日月星辰

所有这些都处在
仰望才能触摸到的高度
我们也是一棵树
我们也要在生命的春天里
做一个上抛的动作

让生命穷尽之处
成为开始之处

打碎玻璃

我把石头掷向玻璃
玻璃细细的锋芒
从四面八方向我指来
笔直的阳光下
我被一群玻璃围困
愤怒的玻璃，我如何
才能说清这一莫名的举动

玻璃浑身透明
在若即若离的状态下
为我遮风挡雨
我弯下腰去，石头巨大
我所捡起的石头
是石头中小小的一部分
而玻璃毫无戒备
空气一阵骚动
一群玻璃的锋芒向我指来

我在阳光下走动
并没有弯腰的想法

弯腰之前
也不准备捡起石头
是一种什么样的力量
迫使石头从我的手里
飞出

打碎玻璃，同时
我也被打碎
我与玻璃之间依然
保持完好的是石头
和一阵骚动的空气

荫凉地

我知道，不能向树
讨要一块荫凉地
尽管树是我栽的
为它浇过水、施过肥
一夜狂风将其摧折
我还无师自通
做了树的医生和护士

树牵着它的荫凉地
与太阳较劲
太阳让树抱在胸前
树偏偏将其掩在背后
荫凉地乐于顺从树的指引
东躲西藏，忽长忽短
为了紧紧跟随树的身后
有时甘愿扭曲得不成样子

你知道，我想给你
一块荫凉地。不让太阳
晒黑你的脸和胳膊

我不担心你的脖颈
你的脖颈有翻卷的发浪遮掩
你有没有留意到
从什么时候起，我已爱上
你发浪澎湃的翻卷

夜里，四周一片漆黑
突然觉得自己
沉浸在树的荫凉地里
想到同样在黑暗中的你
我的心里涌起些许安慰
仿佛终于实现了
给你一块荫凉地的愿望

小区里的麻雀

从麻雀刺耳的叫声可以听出
它们并不喜欢人类
它们到小区是来挑毛病的
很长一段时间，我苦恼于
走出楼洞，就有麻雀
叽叽喳喳数落我的不是
我这样安慰自己：
麻雀与人的眼光不同
它们以为的缺点
或许正是我的优点
我既不想与麻雀为敌
又不想将它们认作
乡下来的亲戚
一天，有只麻雀
飞落书房的窗台
我不假思索轰赶说：
乡下有吃有喝，空气
又好，何苦来城里凑热闹
麻雀呼扇一下翅膀
眼睛针尖一样扎我

仿佛刚才的话是它训我的
我气急败坏，温和了脸子
笑容可掬道：亲爱的麻雀
小时我拿弹弓打你
不是因为你吃了我家的
谷粒和芝麻，是因为
你比谷粒和芝麻好吃
麻雀呼扇一下翅膀
倏地飞走了，看我的
两只眼睛，一只像谷粒
一只像芝麻。之后
再遇见麻雀们叽叽喳喳
总觉得是一群来自乡下的
亲戚在对我评头论足

四面八方

四面站着四个他
八方站着八个他
一个她立在四面八方
的中央。看上去
她多像他们拥戴的王
又多像他们围困的兽

快乐的时候
他们像一个她艳阳高照
发向四面八方的光
痛苦的时候
他们像一个她落井
随之从四面八方
齐刷刷砸向她的石头

只有她知道
四面八方的他只是一个他
让她快乐
只需四面八方中的一个
而要他快乐

必须把她撕碎了
分给四面八方

他的痛苦
对于她
是铺天盖地的
而她的痛苦
对他来说
是那么支离破碎

人间

人间广大。我的人间
什么时候懂得了收敛
如果人间是一座村庄
情愿我的人间就是我的老家
和种菜、养鸡的后园
蜻蜓贴地飞远
我却要赶在水洼喊出
我的乳名前停下来
我不让水洼弄皱我的影子
同慢相比，我执意
选择轻。蜜蜂绕过花朵
不惊动蕊丝，对我来说
是幸福的。我的幸福
并不局限于蜜

清秋月

那些迟迟不肯凋零的叶子
是世间命久的一些人
他们的幸福早已不再是
比别的叶子晚黄了几天
晚落了几日。而是越来越
坚定地意识到命运
对他们不薄。清秋月
像一张紧闭的嘴巴
一言未发，却道出了
天下的清冷。那些
没有凋零的叶子也是
一张张嘴巴，常常翕动着
想说点什么。我知道
他们也想说清冷，只是
不知怎样才能像清秋月一样
表达得不动声色

破绽

风来了。还有什么
没有被吹动
如果是我一贯坚守的
我将继续坚守

树叶凋零。树木
的指甲没来得及在大地
最解恨的部位狠掐一下
便卷曲、纷落了

风延续着曾经
摧毁过一些什么的微笑
四处展开。像不幸
瞪大眼睛找寻我的破绽

风啊，我知道
你是远处的一声叹息
带着一个人的坏心情
拼命感染我

鸟语花香

闻鸟语而嗅不到花香的
瞬间，我的心突然凉了一下
这是今年以来的第二次
一次是半夜里推开窗子
一次是从冰箱里拿出可乐
半夜开窗是因为天上的星星
好看，迫不及待要摘下一颗
从冰箱里拿可乐是因为天气
热，外出归来急于浇灭
心头的火。而此刻，我的心
凉了一下的同时似乎还有点痛
仿佛被鸟语和花香断裂露出的刺
扎了

卷十三

小小女儿

本命书

时光淹没的村庄，如果
还有一个模糊的影像
我就能听见爆豆似的狗吠
街道串起的庭院在岁月里
伸展。灯火阑珊如春末
憔悴的花朵。太阳，直到你
伸出黄金的胳臂，将生活
完完全全捧在手上
我才看见生命的脸上
发自内心的一抹微笑
而这抹微笑太珍贵了
黑暗无处不在。幸福
如溺水的孩童，只有顽强地
挣扎才能露出水面

串起庭院的街道曲曲折折
树枝一样无依无靠地四处伸展
有时被突然的风暴摧折
歌声下坠。落在岩上的
来不及呻吟。落在泥土里的

溅起一片荒芜。街道
我把脚印装进你的衣兜
不求永久地珍藏
只希望历尽艰辛流浪归来时
你还能隐隐忆起我的步伐

通往远方的道路时隐时现
我要栖息的树林百鸟噤声
这是通向远方的必经之地
落叶堆积。夕阳点燃了树丫
黑夜的烟雾铺天盖地
寂静，我最忠实的朋友
喧嚣过后，只有你
不声不响留在我的身旁
寂静，我的老师
你手把手教我学会自己
与自己说话

绵延背后的群山
翘首瞩望如送我起程的亲人
风还没有振动翅翼
鸽子早已升上天空
田地，食了你的五谷
拿什么才能回报
河流，受了你的洗涤

怎样才能永葆洁净

后院里悄悄绽开的姐姐啊

接过你双手捧起的红彤彤的羞涩

如何珍藏才能使其不沾瑕疵

异乡的天空高高在上

那些站在云帘后向这边眺望的

是否是我曾经用心爱恋的星辰

异乡的方言磕磕绊绊

不慎跌倒的一声惊呼

让我相遇远在千里的乡亲

人类啊，我们究竟受了谁的旨意

深深浅浅地来世上走一遭

彼此说出各自的名字

然后不由自主一点点相互忘记

第一个走上前来跟我握手的

是我的朋友

第一个在黑暗中将我绊倒的

成为我永生永世的恋人

绿树婆娑掩起大地的凄清

雨夜的鸟鸣使黑暗闪亮

大海，我在阳光下割破血管

淌成汇入你的一脉细流

霞光，我在清晨打开窗门

让屋子盛满你的绚烂

滴水穿石。深不见底的海里
拱出山峦。坐在人类的怀抱
细心品味来自四面八方的
幸福和苦难，每个人的嘴角
一天天瘪了下去
道路的尽头，谁蓦然回首
看见人类被关进一只巨大的
笼子里。提笼子的手啊
怎样我才有充足的理由请求你
停下。请求你把为人类精心
编织的笼子彻底打开

风的喧嚣由远及近
周围的一切剑拔弩张
摆开决一死战的架势
风拍拍树的肩膀扬长而去
几片瘦小的叶子纷纷落下
万籁俱寂，如人类劫后余生
大梦初醒的情形。天空
你无边无际，以广阔的背景
激发我展翅高飞的欲望
大地，你情深义重
一诞生就剪断我的翅膀

让我死心塌地留在你的掌上

流浪归来。我坎坷的履历
随之丢失得干干净净
而村庄完完整整保管着我的姓氏
青春的麦苗。欢蹦乱跳的溪流
在此之前我默念多遍的话语
突然什么也不想说了
亲人，原谅我的沉默
我早已拆下被你们视若根本的姓氏
恭恭敬敬地扔进人类茫茫的海里

我用文字堆垒的一生啊
终有一天会在时间的逼问下
摇晃起来。或者根本就是些
残砖朽木，还没有抵达一个高度
便轰然倒塌了。一阵大风
掀动厚厚的卷册。书页哗哗
有的开始撕裂，露出空洞的骸
谁带着怀旧的表情轻轻打开
我的脑壳，对着变黑的血迹
呆愣半晌摇摇头走开

麦的村庄

1

沿途开满了春天
农人带着我曾在诗歌中
描绘的表情深入麦田
麦苗青青，像一片碧水
源源不断流进我的心里

艳阳高照。村庄的名字
在举起的站牌上微笑
一闪而过的村庄，令我想起
挽留不住的朝气蓬勃的少年

鸽子展翅抒写满天的喜悦
有一刻，我把飞翔的鸽子
误认作儿时亲手放飞的风筝

2

来到乡下，那一再召唤我的

是青青的麦田
春天，十只鸽子升上高空
我有没有希望寻见一条通往
天上的路

善良的乡亲又在埋头劳作
庄稼，庄稼，除去庄稼
他们的心底究竟还能藏下
什么样的风景

青青的麦田，去年我在异乡
念念不忘的色调
麦田青青。我对已往岁月
的怀念青青

十只鸽子升上高空
像十个脱离了人间的灵魂
如果其中的一个是我
会背负着怎样的使命

3

如果是在午后
你会睁开困倦的眼睛
关心一下不远处的麦田

天气清明，刚刚经历过严寒
的阳光多少还有点拘谨

山峦皱起眉闷闷不乐
风筝跌跌撞撞总算爬上了天空
正因为如此，你突然惊叹于
麦苗把握时机的能力
仿佛一觉醒来
仿佛节气擦燃火柴抽几口烟的工夫
麦苗们一声惊呼爆发出来的绿
彻底粉碎了冬天伺机反扑的阴谋

接下来就是三月
南风像刚过门的小媳妇
一天到晚暖乎乎地说个不停
哗哗啦啦的雨水打发小溪一路
奔跑着给谁送信去了
在此之前，墙上的日历
似乎眨巴着眼睛犹豫不决过
连日历也把握不准它要带给
我们的消息是真是假啊
麦苗们一呼百应，集合起强大的绿
彻底打消了日历的顾虑
日历这才平心静气
从从容容迎接我们曾经翻动过它的手

如果是在午后
你困倦的眼睛被麦田熏染得神清气爽
面对一大片涌动的绿
你也许会有意无意地发现
麦苗的周围是麦苗
麦田的周围还是麦田

4

目光又一次抚摸青青的麦田
刚下过一场小雨
麦苗的情绪空前高涨
阳光，蓝天，白云
麦苗所处的环境
令人想起一生中最美好的时光

麦苗在成长。麦苗纤纤的身影
像弱不禁风的女子
此刻，我注视她白皙的脚踝
和延伸着诱惑的腰肢
倒退一千年
这样的腰肢和脚踝
早已深陷进蓄满幽怨的宫廷

连成一片的麦苗
是一股震撼人心的力量
村妇挎着篮子走过田埂
脸上的笑容久久不散
站在地头，我在想
是什么力量唤出村妇
这般灿烂的表情

5

最好的风景在四月的麦田
麦苗流过祖辈开垦的土地
平静的水面一尘不染
我们站在岸边或者深入其中
鲜亮的绿色拂过周身
周身的疲惫被擦得一干二净

这是再动人不过的风景了
阳光在天空飞翔
四月的麦田里波澜不惊
麦苗流过祖辈开垦的土地
那个丰收的方向
令我们压抑不住地激动

四月的麦田里

农人衣着简朴地劳动
望一望天，哼一哼歌
都有麦浪在心底翻滚

6

雪地里走来的麦子
挽起五月便是一幅暖洋洋的风景了
燕子衔泥筑巢
她要将一条大河的心事枕进梦里
一阵风踮着脚尖走过
这样轻巧的步伐
只能惊动柔情万端的柳条
农具们还是那种忍俊不禁的好脾性
一到农人的手里
便会咧嘴笑出银亮的牙齿
农人就是踏着这笑声走向土地深处的
田垄在农历中延伸
汗水淋漓的劳动没有尽头
雪地里走来的麦子啊
那场洁白的雪被你珍藏在了哪里

7

守望麦田。麦浪在风的指引下

忽左忽右向你奔来
你的视野里波澜起伏

麦苗旺盛的初夏
阳光在麦田里燃烧
它要驱走麦田里的寒冷
它要将麦田冶炼成一片金黄

麦棵拄着节气一天天长高
春天和农人的劳动使它茁壮
麦棵憋足气力
要把农人倾注进麦田里的情感
和春天的喜悦表达出来
在一个晶亮的早晨
郑重其事地举起了麦穗

麦穗在舒展，麦穗在饱满
麦穗探出长长的芒
描绘着农人迎接丰收的兴奋

守望麦田，笔直的麦垄
把我和埋头劳作的农人
紧紧连在一起
有一刻，我突然发现
麦浪是从农人身上向我奔来的

8

父亲亲手播下的种子
年内就有收成
父亲从小结识的朋友
长大了才看清他的面目
父亲坚信一辈子不离开一个村庄
才能听见大地的心跳

小地方，小中有大
鱼儿离不开水
瓜儿离不开秧
一棵寸步难行的树
摆平来自四面八方的风

早晨，父亲从墙上摘下锄头
傍晚再把锄头挂起来
仿佛他根本就没动
而大片的麦地里
哪一朵幸福的麦穗
没有得到父亲的关爱

父亲走上地头的神态
有一种王者气派

大口吸烟，浓烈的烟雾

在他的身边前呼后拥

父亲抬起手往掌心猛唾一口

明晃晃的锄刃倍加锋利

父亲坚信一叶知秋

大路小路都是大地母亲躯体上

鲜红的血管

9

跟你说说我的村庄

麦穗黄了。一群麻雀打着饱嗝

在地头的荫凉里嬉戏

风绸缎似的卷过

麻雀们欢快的眼神不时被风卷向

北边坡上高高低低的院落

那就是我的村庄

几缕炊烟描绘着天堂

一排梧桐跟着池塘边的柳树学跳舞

谁家女儿手扶门缘朝这边眺望

她麦穗似的发辫一只掩在背后

一只沉甸甸地搭在胸前

雨水刚刚浇灌过的乡亲

发间躲闪着一小片草叶的乡亲
睡梦中被瘦瘦的麦芒扎疼的乡亲
雨过天晴，一长串鲜活的脚印
跌跌撞撞游进麦地深处

雨后的村庄眉清目秀
天空和蔼，鸟鸣发亮，乡亲们领着麦子
信心百倍地生长。而道路蜿蜒
曲曲折折指出收获的方向

麦香阵阵，轻轻拍打着疲惫的村庄
一轮明月升上高空。明月之下
拥挤着无边无际黄金般的麦子

10

今天天气很好
麦穗在田里打着饱嗝
举着两片不太圆满的叶芽
很容易使人联想到白云的
是棉花的幼苗
农人晴朗的脸上布满
脉络清晰的山水

今天天气很好

黑蚁抓牢麦秸心平气和爬上顶端
吸一口气
同麦穗一起沉甸甸地摇晃
与树相比
这种动荡更能使它痴迷

小路像一根跷跷板
农人走到哪端
哪端便气喘吁吁地下沉
正因为下沉
农人才离泥土更近

今天天气很好
昨天刚来过一场雨
就差这精纯的阳光了
农人一大早站上地头
看看意料中打着饱嗝的麦穗
再看看虎头虎脑的棉花的幼苗
农人脸上山水的脉络更加清晰了

11

麦子走进我们的生活已经很久了
吃南瓜充饥的时候
麦子是富贵的象征

一群留鸟在家乡的上空盘旋
饥饿的羽毛散落在田间地头

日出而作，日落而息
农人穿着粗布衣裳与农具相依相伴
汗水和着泥土捏出瘦瘦的收成
吃南瓜充饥的年代
麦子占据了节日的大部分内容
母亲小心翼翼地捧出那些金贵的籽粒
以水冲洗，在阳光里晾晒
待磨成白白的面粉
节日便不紧不慢地来到了

做梦都握着麦子的祖母
一辈子也没有洗去脸上的
菜色的祖母
临终前挤出的几滴清泪
肯定是她珍藏了一生的麦粒

12

谁能把我们同麦地分开
阳光茂盛的六月
我们坐在细细的麦芒上等待收割
一些辨不出方向的风吹得我们

坐立不安。镰刀已从墙上摘下
砂石和水喂养的刃像眼睛
闪烁着收获的渴望

在我的家乡，麦子
是唯一从冬天走出的粮食
有着雪一样洁白的质地
翻新的麦垄。返青的麦苗
清香的麦花。金黄的麦垛
麦子连起我们四个季节的心跳

麦地在我们附近海一样
堆涌起一排排麦浪
从近处到远处，从远处到更远处
我们是麦地中心的岛
编织劳动的网，捕获粮食的鱼
把我们同麦地分开
就是把我们同手指分开

雪歌

1

下雪了。走出房间
就会有花瓣落在你身上
你疲惫的眼睛突然一亮
原来周围并没有把你忘记
煤山雀东张西望翻找
过冬的衣服。远处
暗淡的景物准备着更新
这时的双脚真正属于你的了
你可以由着性子随意走走
将欢快的步伐写在
最初的雪地上
然后回转身，看它们
被洁白渐渐掩藏的过程
许多想法静静开放在心里
一定有一只鸟嘹亮地
划过自由的天空
一种无遮无拦的广阔
引起你飞翔的欲望

2

趁雪还没有盖住地面
我要在户外长长地
走上一段。我的周围
被无数周围无限放大
我却以卑微之态守在
虚无的心上

自天而降的雪
无缘由地落在发间、衣服
和探出的脚尖上
落在发间是我感知的
落在衣服是我看到的
落在探出的脚尖
是我听见的

步步为营的雪，就要
把我的脚印抬离地面
我还要在户外长长地
走上一段。我要赶在
雪把地面彻底盖住前
让大地知道我的心
是坚实的

3

雪越下越大。大地
的面皮越来越厚
把一场雪裹在身上
充当大地脸上的
一个器官吧。此刻
大地看不到的
我们也不要去看
大地想不到的
我们也不要去想
在大地投入的酣睡中
如果我们还能听到什么
就不要做大地的耳朵
如果还能嗅到什么
就不要做大地的鼻子
就这样，在大地
投入的酣睡中
我们手忙脚乱地变来变去
终于，在大地一觉醒来
变得耳聪目明的时候
我们却昏昏欲睡起来
终于，我们成为大地的
一部分。此刻大地看到
想到听到嗅到的，也是

我们看到想到听到嗅到的

4

叶子落掉多半时
雪开始下起来
一场突如其来的雪
仿佛专为修复一棵树而来
又不肯让人识破
所以我们看到的景象是
树扯着风与雪厮打
终于力不从心
被银装素裹

白雪皑皑。一棵
就要落光叶子的树
在一场雪后
重新焕发出勃勃生机
白雪皑皑
我们丝毫意识不到
为修复一棵树
一场雪洋洋洒洒地
倾尽了皑皑的白

5

迎迓一场雪。我在黑暗中
认出她的洁白
小小的花朵，天地间最美的舞
我如何袒露情怀
在飞升中抵达怒放的天空

细腻的夜。冷冷暖暖的风
吹出些星光。星光是一条河
我在岸边倾听水的流淌
河的深处或者更深处
有没有鱼我都耐心地钓

黑暗中认出雪的洁白
犹如健康中发现了伤口
疼痛——生命中最动人的音乐
我把你紧紧握在手里

6

我知道这场雪迟早会来
迟早会将一些日子照耀得
洁白无瑕

多好的一场雪。我开始
忽略寒冷，忽略四周
扰乱心灵的各种声音
一些柔软的小物质轻轻
飘进情感的深层。多么
柔软的一段时光啊
我开始弯曲在你的脚下
像一杯水静静等待被你
端起，然后含入口中的
温暖

多好的一杯水啊
跌跌撞撞的流淌中
我已变得浑浊不清
但此刻我所捧给你的
是我一生中最纯净的部分

多好的一场雪啊
把我缠绵进一座朴素的
房子里。让我有幸成为
你杯子里的一汪水
让我暖暖地产生很快
就要贴近你的嘴唇的
想法

7

我在寒冷里写下诗歌
大雪纷飞。诗歌里
一个含苞待放的词
时隐时现
这是我竭尽全力
制造的一颗心
我要让它在一首诗里
跳动，使一首诗站立起来
与我并肩走出这个冬季

大雪纷飞。我在寒冷里
写下诗歌。道路消失
房屋微睁的眼睛布满惊恐
一只鸟跌落远方，再也
没有回来。树林像一片
高举的手，它们在召唤什么

大雪纷飞。我是谁
制造的一颗血肉丰满
的心啊。在天地之间
跳动，凭借一双诗歌的
翅膀，飞遍生活的角角
落落。苦难和幸福

被我有滋有味地咀嚼
咽下。所有这些都成为
我飞翔的养分和动力

大雪纷飞。一支笔
骨头一样深植进我的
内部。我握紧拳头
在寒冷里大喊一声：
谁也别想把我的心
从我的心上夺走

8

雪中有我的恋人
她好看的轮廓此刻
正穿在雪的身上
我要设法找到她的眼睛
她的眼睛在雪落地面的
瞬间倏地闭上了

白雪皑皑捧给我一片漆黑
恋人沉重的心跳被积雪深埋
我要设法贴近她的胸口
无论天下多黑
只要她的心跳出一丝光亮

顷刻我就能辨认出来

恋人啊，我知道你的眼睛
在冰雪消融的阳光下
才能缓缓张开
但此刻，我还是要找

9

雪后的大地一片明净
匆忙写下的诗歌振翅欲飞

寒风日夜不停滑下山岗
村庄沉重，沉重地堆积在
无边无际洁白的雪上

冻僵的鸽子珍藏着
怎样的天空。迟到的阳光
打眼看见林边的兽迹

雪后的道路危机四伏
一辆汽车的四只轮子
死死盯着一个方向

10

在一场雪里徘徊
我不愿走出这片洁白
天堂越来越近
飘舞的雪花为我插上翅膀
道路、村庄一闪即逝
我把一生的重量衔在口中
这是一种怎样的飞翔

纯净的雪地。岁月
掩饰不住的一道伤口
阳光的风铃哪里去了
我在寻找中努力揭开
薄薄的寂静

在一场雪里徘徊
跌倒时，密密的草根
距我很近。它们隔着雪
热烈地伸出手来
我看见了春天
看见春天为我孕育的
一大群孩子。这是怎样的
一种温暖啊

11

残雪是雪身体的一部分
已经辨不出它是雪的
骨头，牙齿，没有彻底
腐烂的内脏，还是搏斗时
被撕扯下的一小块皮毛

一场雪铺天盖地向我们扑来
我们被吞噬，咀嚼，咽下
我们在雪的胃里把雪消化掉

也可以说残雪是雪的尾巴
现在，还被我们紧紧
握在手里。雪那么大的身形
终究要从我们手里逃脱

12

一场雪的格局
要待融雪的地面
被阳光晒干之后
才能确定下来

之前

允许预报犯错误

允许天气优柔寡断

在雨和雪之间摇摆不定

允许诗人匆忙把雪

写进诗后，痛心疾首

又无力把雪的凉

从一个句子里擦拭掉

一场真正意义上的雪

不是从飘落算起

而是从融化开始

一场雪的格局

比天空高比地面低

一场雪最大的失败

是人们总是将其

与它的白混为一谈

投奔

所以，我投奔一群美丽的女妖
她们是我的母亲、姐姐、妻子、旧时恋人
或者她们就是她们
她们围成的栅栏软禁了我的一生
太阳的大旗高高飘扬
行军的队伍里突然亮起香火一样的婴啼
是谁记下了我一生中最幸福，也是
最纯净的声音。还有爱情
月光下柴烟熏黑的小屋里
一张木床穿透时间遥望一洼停止流淌的血
是两只白鸽在飞升中合二为一的投影
还是花苞被春天悄悄打开的证据
血是记忆。血是伤口。血是少女
误送别人的燃着她一生光明的火把
而对于我，一洼停止流淌的血
是找的血加快流动的力
行军的队伍不会为一声婴啼放慢脚步
河水一去不复返
家乡村头的古树像一个高举的旋涡
我童年迷恋的鸟巢正好处在它的中央

只有结果，没有原因

我在一群女妖围成的栅栏里摊开一生

道路坎坷，气候多变

远方通过栅栏的空隙拉长孤苦无依的日子

谁躲进自己的深处倾听燕子的呢喃

星辰遥不可及，但这并不妨碍我写一首

比星辰更加璀璨的诗

献给女妖中最小的一个

姐姐摆动柳条似的发辫出现在夏天

她一眼难尽的美

露出极少的，掩起更多的

姐姐在残缺中雕塑的完整

令我对一切与其相仿的女性怀有好感

只有结果，没有原因

我在姐姐和最小的女妖之间

毫不犹豫地领回妻子

大雪纷飞！通往前方的道路洁白无瑕

露珠一样的女儿尾随哪一朵雪花

找到我的家门。大雪纷飞

收集雪光刷新小屋的四壁

我们是几粒被生活浸润的种子

每一道山冈守着一个母亲

不是我的母亲更像我的母亲

岁月翻过双肩滑落深谷

冉冉升起的回声飘荡在人类的上空

在我的追忆中，山是母亲喂养大的

母亲是山永远的峰

那时的母亲还很年轻

眉眼清秀，满池春水

粗布衣裳遮盖的肌肤像泥土里

刚刚隆起的幼薯

十八支山歌唱红了谁的面颊

十八朵鲜花映亮过谁的梦境

什么时候，我小小的一部分

成为她更小的一部分

所以摆在面前的道路只有一条

我要咬紧牙关跟随并鼓励她找到我的父亲

暴雨的黄昏天黑地暗

雷声隆隆喊出生命的奥秘

我的母亲和我的父亲一见钟情的场面

算不算人类进程中最完美的一节链条

喜庆的锣鼓响彻昼夜

我刚刚成形的灵魂像一架美丽的风筝

翘首等待他们搓合的细线把我

高高地放飞

只有结果，没有原因

我在大地上莫名其妙地成长

背负模糊的身世和对未来微不足道的奉献

大地是我要投奔的女妖的首领

外表宽厚，内心细腻

我粗糙的一生被她紧紧握在手里

我仿佛专为投奔而来

呱呱坠地，明确了我要投奔的方向

站立行走，建起我和大地无法割舍的联系

伟大而智慧的母亲啊

所有生存必需的东西

被她一一摆放在恰如其分的位置

引我一刻不停地寻找，引我

在寻找中学会生活的方法

江河横流。赤日炎炎

灾难的大地令我恐惧而坚强

只有结果，没有原因

播种过的大地，一如新婚的妻子

更利于发挥我的优点

十月的天空祥云高飞

盛满丰收的田野飘起美丽的歌声

受孕的村庄。煮着香喷喷的小米饭的

村庄。村姑日夜守护的园里

有没有一只专为我结出的桃子

我沿着阳光一路投奔而来

为美而来。多年以后

我匆匆写下的诗篇正在被谁

对着茫茫黑夜朗诵

祥云高飞。盛满丰收的田野响起歌声

如果不是十月，我的突然到来

会不会使村庄珍爱的粮仓皱起眉头

神秘的喜鹊飞临房檐

方言里来回走动的母亲

体态丰盈，步伐沉重

像庭院收获的一颗沉甸甸的果实

固守脚下的位置回望来路

母亲是我投奔人间的唯一的门

进门之后迎面碰上我的姐姐

母亲和姐姐是美的源头

所以我投奔一群美丽的女妖

所以一群女妖围成的栅栏软禁了我的一生

小小女儿

1

是谁赐给我小小的女儿
温暖的阳光涌上十二月的枝头
一年中最后的一个月份
三枚指针拦住时间的洪流

小小的女儿
你浪花一样的歌唱
穿过厚厚的墙壁
湍急地，在我身边蓄一湾
清澈的湖

我要用诗歌说出一年中
最大的喜悦
一年中最后的一个月份
我小小的女儿，水一样
滴落冬的枝头
树枝摇晃的姿态无比美丽

2

露珠在张望中被晨光染亮
光嫩的女儿
床上严严包裹的珍宝
我用目光再次轻抚你饱满的面容
抚去夜，抚去灯光
抚去寂静中迎向你的尘埃

酣睡的女儿，黎明时分
我阅读、写作时最好的背景
倚在你均匀的呼吸上
重读并深入一本厚厚的哲学
你就是一个移动的标点了
我在你美好的停顿中回味，思想
与一些伟大的人隔世交谈
并在交谈中渐渐看清他们的面孔

小小女儿，我感情枝丫上
摇落的花瓣
世纪末的街头与你相遇
是我一世修行的情缘
我要把你捧在手上
轻轻举向空中
让阳光湿透你纯净的衣衫

3

错落的小花在阳光里浮动
小小的女儿，一场娇贵的春雨
养足你的笑颜
天空高远
没有翅膀怎能抵达童话的身边
来，我为你写诗
为你再一次握起尘封的笔

小小的女儿，好多好多的诗人
都曾在暗夜里哽咽过
一滴滴泪珠落在纸上
颤动，流淌，渗进
伤痕累累的文字
而我没有

小小的女儿啊，在你面前
我要饱蘸情愫
沉湎于我们小小的家园
即便浪迹天涯也要时时从兜里
掏出思念来翻翻

杭州七日

今夜，我在杭州

今夜，我在杭州
我躺在西湖里
呼吸着水
和今晚的夜色

我一直在下沉
先是从飞机上
又从树木高举的绿上
感觉不到从哪里
往哪里下沉的时候
真正的下沉开始了

对，我在下沉
是飘着一点一点地
沉。像心甘情愿
去贴近一个人

我看见窗帘后的月亮

毛茸茸地虚成一团

今晚我不需要照明

却希望它高高地挂在那里

就那样，没有任何

杂念地看着我

然后，天亮了

枯木头

知道你是块枯木头

我把春天给你了

春天是一剂良药

但不能包治百病

看着姐妹们枝叶婆娑的

俏模样，你不要哭

我拿春天安慰你

春天里什么都有

就是不能根治你的病

再哭我也要落泪了

淅沥细雨有珠子的透明

也像珠子一样投到了暗处
春天有帝王的容光
和威风，也像帝王一样
无法将一个国家收拾得
井井有条

我把春天给你了
房门外料峭的寒意是我
没有百日红的花是我
把温暖送给别人后
空空的两手是我

枯木头，逢上我
你就遇见知音了
我们并肩躺在江南的
一小块草坡上
看高飞的风筝哪一个
摆脱不了断线的命运

断了线的风筝
也是一块枯木头
可它再也没有了
遇上我的好福气

苏堤

我不会兴致勃勃地
和你说起苏东坡
一个人写文章、做官
住到这样好的地方
发动群众挖河底的淤泥堆起来
便成就了一个好名声
这样的好事
我这辈子是摊不上了

堤上绿树鲜花，杂草绝迹
穿简易制服的人
来往穿梭，及时哈腰
把游客扔掉的垃圾藏起来
那些刻在石头上的
捕风捉影的文字
看来一时是不好擦掉了
两岸湖水为使自己不彻底变浑
一个劲地荡漾

一群外国人骑着租来的自行车
又说又笑
同伴突然拽了拽我的胳膊
压低声音说：

这些人才会算账
在他们那里挣了钱
跑到咱这里来花

雷峰塔

到杭州我没有去看雷峰塔
是因为初中时
从语文课本里听鲁迅先生说
杭州西湖上的雷峰塔倒掉了
事隔这么多年，去了
肯定连块残片也看不到

对于雷峰塔的倒掉
先生好像论过两回
究竟怎么论的记不真切了
印象中先生的嗓门很大
尤其是第一回
最后一自然段只用了两个字：
活该

"活该"两个字
是冲躲在蟹壳里的法海说的
法海没躲进蟹壳前
千方百计使花招

把让许仙着迷的白娘子
压在雷峰塔下了

两个人正打得火热
一个被压在塔下
一个捶胸顿足，痛不欲生
好不容易盼到雷峰塔倒掉
肯定是迫不及待
手挽着手，跌跌撞撞
远远地逃离了这个鬼地方

几次到湖边闲逛
都有人遥指着一个方向
满脸兴奋：看，雷峰塔
我没有看。我知道
他们在说梦话

一次，说那话的人
话音刚落，旁边一块来的
几个欢呼雀跃起来：
雷峰塔，雷峰塔，我们看看去
我笑了，想对同伴说
西湖真是个说梦话的好地方
同伴没问
我当然没说出来

刘家香

刘家香，我是在旅店
五楼的窗口看见你
质朴的字眼
红红的装束
这和我在北京初见你时不同
这里是你的家乡

在你的家乡
我遇见了香樟、月桂
还有一些叫不上名字的姐妹
她们天生丽质、衣衫洁净
擦肩而过时
我什么也没有说
这和在北京
我们初次见面时不同

刘家香，在北京
一看见你我就想说话了
你的名字
和我老家的小姑、小姨
还有村东卖豆腐的
那户人家的闺女差不多

那次，我背着书包
路过她家酸枣棵的栅栏
一只灰眉土眼的小狗
张牙舞爪地追撵我
应声而来的她
隔着栅栏憨憨地安慰我：
别怕，别怕，光汪汪不咬人

刘家香，我知道
我不该用这样的眼光看你
把你看得满面羞红
局促不安地左右顾盼
看得那么久
引得同伴亮堂起眼睛
悄悄凑到我身后

杭州的早晨舟车安恬
远处依稀的行人像荷叶上
蠕动的露珠。刘家香
我倚着窗口朝你看那么久
是为了辨认在你右下角
穿着红衣裳舞蹈的是不是
"麻辣馆"三个字

船在西湖

船一离岸
船夫的腰杆就硬了
他摇桨，一点点地
把我们拱向湖心
西湖早就没有心了
西湖的心
被南来北往的游客带走了

我们带着自己的心来
我们不喝十五块钱一壶的茶
我们敞开胸怀
看西湖能把我们的心
泡出什么味道来

西湖真大啊
率领那么多干净的事物
把我们收拾得安安静静的

老大给我们讲故事
讲黑白年代
一个出身不好的男学生
和一个女学生
终究没有走到一块的爱情

什么时候老大变成船夫了
一桨一桨
把我们摇进我们的心里

老大的故事真闷啊
把我们的心
泡得涩涩的
泛出的苦味在眼睛里躲闪
把那么大的西湖
都弄模糊了

谒苏小小墓

一个人死了
会带走许多秘密
这些秘密，像迟迟
得不到萌发条件的种子
变质，腐烂
成为更多秘密的养分

秘密在疯长
是一些压根就没有萌发的
秘密在发展、壮大
把人间挤得透不过气来
把世道挤得歪歪扭扭的

一些不胜挤压的人
对着镜子醉言醉语

若解多情寻小小
——比如白居易
酒里春容抱离恨
水中莲子怀芳心
——比如温庭筠
还有那个鬼话连篇
叫司马槱的书生
把个李贺忽悠得
将"幽兰露"看成
"啼眼"了

小小，如果我是鲍仁
得知你离去的讯息
我就会弃官归乡
把你的尸骨带上
埋在老家高高的坟地

油壁车，青骢马，百两
银子，孟浪，西泠桥畔的
湖光山色……这些
就不提了吧
小小，我把你种进

我家的家谱里

让你在一个家族

血脉亲情的呵护下

实实在在地萌发

拔节，开花

结一串串饱满的小果子

虚构爱情

建议

我和你，是两个人
变成一个人
最好的办法是谈恋爱
谈恋爱也是两个人
可心里比一个人还亲还近
下雨了
我和你走进同一把伞
伞有点小
盛不下两个人
我要让它盛下你
雨停了
看见我湿漉漉的脊背
你忍不住拥过来
一旁的人悄声说
看，好得像一个人
你握紧我的手，纠正说
不是像，就是一个人

你的话我信
我早就把你当成了我的心

约会

如果下起雨来
我就在雨里等
雨下得越大越好
淋出身体的轮廓
最好刮起风
闪电闪着光大喊我的名字
我就是不走开
我的嘴唇开始发青
这样我就能把一句话
表达得淋漓尽致
我是一个寡言少语的人
在学校同学们都唤我小老头
现在我却要大张旗鼓地做一件事
我们说好的，今晚
学校南边的小树林里见

小树林大森林

那晚，我和你

在学校南边的小树林里谈恋爱

小树林很小

小得只能盛下我和你两个人

这边有人说话

我们往那边躲

那边有人说话

我们再往这边躲

每一次躲避

我和你都从小树林里掉出来

你不高兴小树林了

说咱们出去吧

我说出去就出去

我和你在外面走

走啊走啊，走进一片大森林

至今还没有走出来

数星星

我挽起你的手

你说走吧

其实我们都不知道往哪里去

我挽着你的手

不知往哪里去地往前走

你跌倒了

我伸手拉一把

我跌倒了

你便坐在地上等

你说，我们数星星吧

数就数

我们开始数星星

数着数着就睡着了

一觉醒来

你说其实天上的星星最好数了

我抬起头

天上只有一颗大太阳

幸福

我说真想在你的额上

写下我的名字

叫人远远一打眼

就知道你是我的

你忍不住地笑

笑着骂我小气鬼

我说爱务公开嘛

我要叫每一个对你动心思的人明白

抵达你，必须跨过我这道门槛

你还是笑

问我是不是要和人打架

我摇摇头

打架算什么本事

我只想跟他们比比

看谁爱得最优秀

你止住笑

从抽屉里拿出一把水果刀

说写吧写得醒目些

要天下的人都知道

俺真真正正是你的

水果刀亮亮的

跟你的眼睛一样好看

那一刻

我恨不得夺过刀子

一下子把自己捅死

等待下雪

我们商量好

今年的第一场雪落地之前

要把院了好好扫一遍

如果时间来得及

就再扫一遍

雪说说笑笑从天上下来了

雪是你最好的姐妹

也是我最好的兄弟

好多个白天和黑夜

雪挤在院子里

白生生地说我们的私事

说就说吧

我们别作声

只是笑眯眯地听

你担心雪从天上落下来

我们正处在赶回院子的途中

我说那就让我们后悔吧

若是下雪的途中不期而遇

又将是另一回事

就把大地当作我们的院子吧

大地那么大

扫也扫不完

我们不约而同停下来

雪盛开着

一朵一朵往我们身上落

分手

我俩终于分手了

终于，其实也很简单

那晚有些冷

我穿了大衣

你没穿

我觉得不太合适

脱下来放到一边

你朝大衣看了看

我就想拿起来给你穿上

可我没有动

我想最好你自己拿起来

你也没动

我俩站在大衣边说话

说的都是单位的事

以前我俩最讨厌单位的事

后来你抬手看看表

说就这样吧

下辈子我要找的第一个人就是你

你可要等我啊

我说我现在就开始等

你的男友从一边走过来

挽起你就走

再后来

听你的男友说

是你跟他说好的

十一点半

说啥也要把你从我身边拉走

我有你的两张照片

我有你的两张照片

我有两个你

两个你是你的两个动作

你的两个动作

一步步接近我

我有你的两张照片

一张是彩色的

一张是黑白的

彩色的是彩色中的你

黑白的是黑白中的你

我不知道你是由黑白走进彩色

还是由彩色走进了黑白

我有你的两张照片

准确点说

我有你的两个姿势

再准确点说

我有你的两个姿势的影子

更准确点说

我和你活在相距遥远的两个

家里

我有你的两张照片

两张，不是太多了

而是少得可怜

如果有你

我就会有一辈子也数不过来

数不过来的照片

住院小记

消毒

下半身麻醉之后
我的目光越过围布
看见医生正提起一条腿
熟练地给它消毒
我恶狠狠地想
此腿若是我的
不管情况多么危机
手术前我也要
亲自给它消一遍毒

骨头

十个空心螺丝钉
挟持一块钛合金钢板
在我的身体里
准确点说，是在
我的左侧胫骨远端

坚守了两年
内固定拆除手术后
医生问我还要不要它们
我说要吧

以前说起我的腿
曾与人问及钛合金
和空心螺丝。此刻
从医生手里接过的
我知道，是曾经
紧密团结在我的
左侧胫骨远端的
一大块和十小块骨头

醉酒之畅

突然觉得空虚
人是空的
经历的事都是虚的
明明想好了去一个地方
却坚定地认为
那不是自己的选择
仿佛喝醉了酒
被人领错了路
而周围的一切

是那么真实

感觉自己像一个楔子
被坚实地钉在现实
这道墙上
突然想揪住头发
把自己从墙上拔出来
突然发现头上的头发
少得可怜
仿佛不止一次这样拔过
仿佛头发就是这样变少的

索性赖在墙里
心甘情愿让自己
再空一点再虚一点
如此这般
突然有一种醉酒之畅

陪护

我让他把音量
调得低一点
他立刻接受了
南边邻床的陪护
希望他戴上耳机

别弄出声响
他迟疑了一下
还是接受了

晚饭后，南边
邻床的陪护
擅自与我商量说
我们关掉空调吧
别着了凉
我说关掉，别着了凉

空调一关
病房里突然响起
刺耳的手机音频
他是北边
邻床的陪护
显然是为关闭空调
没有与他商量
表示抗议

他没有选择起身
重新把空调打开
而是选择了手机里
我们曾共同抵制
过的音频

我和南边邻床

的陪护看着他

都不说话

他被我们看得

很不情愿地

调低音量

又把耳机戴上

病房里断断续续

冒出病人的呻吟声

盘算

整个下午，邻床

两口子都在盘算

下一步，最好

把他身上哪里的皮

植到他的脚面上

一场车祸

让他的脚面目全非

接骨手术成功后

植皮两次了

一次用的是他的肘里

一次用了他的耳后

好几次
她都十分肯定地说
还是耳朵后的皮细发
以前没觉得
挪到脚面上
才看出来

血痕

她做完牙周翻瓣手术
出来，张口露出两道
鲜红的血痕让他看
她说麻药可能打早了
手术到了后面
明显地感觉疼

她拿盛冰水的纸杯
敷在脸上
他清清楚楚地感到
他对她的爱
一会儿想变成麻药
一会儿想变成冰水

因为都没能变成
他的想法——麻一阵儿

又凉一阵儿。麻的时候
像她牙周的一道血痕
凉的时候像她牙周的
另一道血痕

安静

病房里最最安静的时刻
应该是早晨四五点钟
夜色还没有彻底退去
曙光还没有完全照进来
因为这一发现
我刻意揉了揉眼睛
病房里有病的人
无病的人都睡着了
有的还发出了鼾声
分不清是有病的人
还是无病的人发出的
从无到有
有条不紊、从容不迫地
把所有的褶皱都抻开
然后呱嗒一下
像雨过天晴收起了伞

他们真的在哭

出院那天
病友王同庆躺在床上
对侧楞着身子
为我送行的他的老婆说
张小花，这下
有点佩服我了吧
老公这点破病
都熬得六个人出院了

张小花勃然大喜
返身扑到王同庆的床上
说不是有点，是早已
佩服得五体投地了

出了门，妻子问我
他俩闹什么
我说苦中作乐呗
妻子不解地转身
从门缝往里瞅了瞅
严肃了脸子说
不是乐
他们真的在哭

白驹过隙

浓雾的村庄世情隐秘

我的大脑愚钝，感动时

亮不起一盏词语的灯

而家乡的群山宽厚，不计得失

顽强地生长百草和粮食

由此我生命的萤火飞越茫茫岁月

旧宅西南的山上有我一块小小的坟地

像无人整理的床面

平日里盖满落叶、雪、野花

和蝈蝈土里土气的歌唱

单等我疲倦归来

三五只乌鸦分列父亲亲手垒建的门墙

亲人的啼哭遮天蔽日

我在新鲜的墓穴里仰面而卧的表情

击碎所有耿耿于怀的目光

邻舍娶亲的仪式如期进行

鼓乐齐鸣。爆竹欢天喜地的祝福声中

幸福的新娘含笑步入事与愿违的生活

一大早就起来打扫庭院的老妪啊

你一丝不苟的动作，是否想把我

散失在你家的童年打扫得干干净净

我的诗歌流落民间
像离家出走的孩童
善良的人们将其领回家中
半个面包、三两杯淡茶
他便感到了我飘荡在人间的灵魂的爱抚
我的诗歌是我灵魂的一部分
亲切，自然，精力充沛
和我正在腐烂的肉体一样
对权势和庸俗有着天生的疏离
这注定了我的流浪生涯
和我的诗在民间出没的命运
但这并不妨碍我写一首诗
坐到一本刊物的椅子上
尽情地表达人生的无奈与美好
并不妨碍把我的名字冶炼成珍珠
流光溢彩地挂在人类的脖子上
让后人沿着珍珠的光芒
跋山涉水，兴冲冲地找到我的住所
我是掠过尘世上空的群鸽中最洁白的一只
我的翅膀呼吸着尘世最清新的空气
我在天堂和龙宫间选择了朴素的稻谷
在我徒手建造的王国里
我断然拒绝皇帝女儿浓妆艳抹的爱情

我向庄园主衣衫褴褛的女奴求婚

和广大的一步一个脚印的平民一样

我用生命之笔精心描绘下我在人间

一闪而过的轨迹

我散乱的一生漂浮在水上

被风摇过，被浪打过

被雨洗过，被冰凝滞过

明月高照。我洁净的肌肤

有幸被嫦娥轻盈的衣袖神秘地拂过

一场雪短暂而美丽

这是我在黑暗中默默写下的诗句

时间的大海淹没又创造着万物

我是海水偶然结晶的一粒盐

与裸露的贝壳、沙滩和莫测的风光一起

默默接受自然的指引

沙鸥翔集；金鳞游泳。这是我一生中

最坦荡的部分。是什么决定了

我必然将站到人类的行列

第一次睁开眼睛

我把目睹的每一个人认作亲人

拥有那么多面孔的关怀我的未来何等美好

我的第一声啼哭便耸立起金光闪闪的顶峰

太阳的车轮碾过大地

光明和黑暗像一双孪生的手

接连将我推向局限的尽头
世人啊，同一切无知相比
轻描淡写的肤浅更让我悲伤

我的身世植根于老家热烘烘的土炕
纷乱的记忆鲜活着村庄敦厚的面容
乡人种子一样埋进田里
房舍的上空长出炊烟
云朵似宽大的叶片
飞鸟划过如各种作物的花瞬间开放
又瞬间凋零
我的童年盖在褪色的瓦片下面
好听的童谣沿瘦瘦的街道爬遍村庄的
旮旮旯旯
劳动的声音宿进夜晚的黑笼子里
一打开月亮那轮银盖子
它们便从太阳的金洞口扑扑棱棱飞出来
父亲刨地时的一个动作在我的牵挂中
晃来晃去
仿佛一抬手就能摸到他汗津津的脊梁
早逝的祖辈沉入庄稼的深处
他们呼吸泥土，常常以口含烟管的神态
反刍一些往事的绿草。动情了
便用结满老茧的手握一下庄稼的根须
寂静的夜里传来他们用力磕打鞋泥的声音

闭上眼我仿佛又看见他们那种玉米饼子般
厚实的鞋底

河流消遁。白发苍苍的卵石重见天日
我匆忙的行程多像那些水啊
无端地降临。不可挽留地远逝
我沿途弹拨的心曲烟消云散
门前哼着歌匆匆飘过的伊人，后退一步
你我一定是一条线上拴着的两个蚂蚱
父母之命，媒妁之言
挖后山的土石建一座笨头笨脑的小院
一座葡萄架占据了天井的大半内容
远在他乡的窗前，偶尔闪过这个念头
就有柴门吱吱呀呀的叫声赶来温暖我
门前哼着歌匆匆飘过的伊人，前进一步
你我还是一条线上拴着的两个蚂蚱
明月高悬，清纯的月光描绘大地
雄鸡报晓，洁净的霞光普照人寰
我要在世界的脸上镀满你的名字
让世界每时每刻感觉到你的存在
我要摘下高高的月亮镶在你的额上
我要挖下热烈的太阳深埋进你的心地
千年一瞬，白驹过隙，我用诗歌
最醇最美的琼浆把你浸洗得一尘不染
客居异地的夜晚偶尔闪过这个念头

就有歌声不远万里赶来温暖我

门前哼着歌匆匆飘过的伊人

是一只怎样的手将两粒棋子死死摆在

棋盘上两个毫不相干的位置

河流的身形日渐枯瘦

湍急的河流，舒缓的河流

阳光下欢天喜地的河流

暗影里憔悴的河流

浑浊的河流，少女的美目一样

明澈的河流啊

抵达尽头和就此止步究竟有什么不同

遥远而神秘的大海

虚无而广大的天空

你们中的哪一个更接近我的墓地

姐姐

1

姐姐，我无法避开那些黑夜
那些乡下的春草似的香腻腻
的黑夜把我的眼睛蒙上了

姐姐，我停在你粉红的微笑里
姐姐的长发在燃烧
姐姐的长发黑黑地温暖我
姐姐，每一个夕阳落山的黄昏
我都感到幸福就要降临了

姐姐远走的消息将我赶进冬天里
我雪一样洁白又泪流满面
姐姐啊，我在乡下的路边空徘徊
空空地等你走回来

2

姐姐，我们出现在家乡的道路上

一场雨舞姿优美
我们卷入其中
彼此躲躲闪闪地暴露着青春的形状

姐姐，是一场五月的透明的雨
我们看见宽敞的天空
和天空里蕴藏的花朵
芳香的力量深深摇撼我们

姐姐，我们就这样出现在家乡的道路上
雷响在远处
光芒一直照亮内心
道路两旁
我们隔着行人紧紧偎在一起

3

姐姐，我目光灼灼地回望那些岁月
群山阻隔。岩石与天空相对无语
我还能说些什么
高扬的枯枝像一些弯曲的手臂
怀一些温暖的想法独自赶路
我只能感到冷

姐姐，是谁立在对面的山顶上

黑发掩面，胸前佩带一支哀婉的曲子
雨已好久没有莅临我的生活了
漫天飘扬起的白色颗粒
使我有一种被埋葬的感觉

姐姐，那么多美好的夜晚
我们默默接受同一颗星子的爱抚
手与手相握的一瞬
彼此毫不掩饰地流露出幸福

4

我困在这座遥远的小城了
陌生的面孔飘摇着陌生的水草
陌生的方言里，一层薄膜
将我的听觉罩上了

现在，我映着泪光想起我的姐姐
花一样将我的过去点缀得芳香
而充实的姐姐啊
我曾血一样固执地染红你的双颊
让你小小的肩头在我强大的
爱情的重压下微微颤动

我困在这座遥远的小城了

陌生的天空，像某个夜晚
姐姐横给我的一个脊背
现在，我多么不堪一击

姐姐，我习惯了你亲亲的爱抚
在你痛彻肺腑的表达声中
我英雄一样高大地站立
满腮胡须寒光闪闪

我困在这座小城了
姐姐，想起你颤动的肩头
就有思念从我的内心发芽
姐姐，我困在这座遥远的小城了
你的一张醉态的脸模糊而清晰

5

路上，想起我的姐姐
姐姐唇吻过的树叶纷纷飘过来
有那么多树叶陪伴我
为我拂去流浪的疲惫
我是这条路上最幸福的人

路上，想起我的姐姐
与跟姐姐一起赶路一样

跟姐姐一起赶路

我的姐姐一言不发

姐姐唇吻过的树叶纷纷飘过来

在这个一贫如洗的早晨

我容光焕发

6

姐姐，我想扳回那些爱情

像幼时丢失东西

在目光最灰暗的时刻

突然雀跃起来一样

此刻，我站在村子的背后

等待一颗青涩的石榴炸裂开来

露出鲜红的籽粒

姐姐，那些绸缎似的爱情

曾把我们的青春打扮得花枝招展

即便在枯寂的岁月

我们凝望过的树枝

也飘扬起茁壮的笑声

姐姐，我们被人仰望过

又被人俯瞰

血从城市的某个角落喷涌出来

我们含泪埋葬的
是一粒干瘪的种子

在硕大的植物之间
我们是那样瘦弱不堪
姐姐，透过缝隙
每每看见你在风中摇晃的姿势
我就想扳回那些爱情

7

姐姐，我要诉说的爱情
与你小巧的双肩有关
水泊在池塘里
你轻盈的步伐穿过四月的芳香
水的波纹抚平之后
姐姐，我开始为你小巧的双肩
激动不已

高高的天空，我的姐姐
在下面行走
小巧的双肩承担着劳动
也承担着美丽
高高的天空，让所有
笼罩姐姐的云闪开

我要为我挑水的姐姐
远远地镀一层爱情

泥土的乡村，姐姐
挑着水风一样吹过
那一刻我深深感到了黄金

8

姐姐，我能说出几棵与你贴近的植物
比如下午，太阳眯着眼伴睡
你在梦里飞翔一段时间之后
走到高高的阳台上
姐姐，你看见了什么

此刻，我站在几棵植物之间
一副等待果子从天上落下的姿态
把你的眼睛点燃了
你的红衣服在燃烧
红衣服里的白衣服雪一样洁白

姐姐，我是一只被剪了翅膀的鸟
在几棵与你贴近的植物之间
被你抚慰还是刺伤
我都不会飞走

9

姐姐，是一阵什么样的风
把你的歌声吹散了
歌词颤动在草叶上
一只低飞的鸟儿泪眼汪汪

姐姐，你站在高高的阳台上
随风飘摆的衣衫
让我联想到翅膀

姐姐，你真的要飞走吗
真的要把圆满的月轮
扇动成残缺的月光

姐姐，你的出现
就是一种歌唱
我用眼睛听见了
并深深记下了我的忧伤

姐姐，谁在高高的阳台
把我弹响
自己却突然停止了歌唱

10

只一眼就认出那些爱情
那些舞姿翩翩、光彩照人的爱情
使我这个贫穷的孩子对富贵想入非非
天堂的门为我敞开
贫穷的孩子在虚幻中享尽豪华

是谁劫持了我的一生
我五花大绑出现在生活里
绝望的时刻
连动手杀死自己的力量都没有

被人劫持的岁月暗无天日
漫天的阳光结为冰凌了
我躲进乌有的爱情里取暖
与一块素不相识的石头相亲相爱

只一眼就认出那些爱情
在一座破旧的楼上倚窗而立
我望见一片钢铁和水泥的废墟上
开出鲜艳的花

11

黑暗中行走
我想起一个人的发丝
这是多年以前的情形了
星月朗照内心
我熟知的幸福远离尘嚣

一个人坐在黑暗里
我拨开发丝走进去
这是许多年前有过的经历
江水浩渺
那些被我歌唱的部分浪花闪闪

一张纸流浪到旷野
许多年后
纸面依然洁白
一张纸单薄而贫穷
是一种什么样的力量
让它挡住了来自不同方向
和动机的书写啊

12

旧风景其实不旧了

一本再版的书
封面和插图都已焕然一新
因为时代和纸张的缘故
价码也高出了许多

我是凭一道书脊认出这本书的
一本我潜心读过
并且发狠穷尽所有也要买下的书
终究没能买下的细节
我一直不敢回味

现在，这本书就摆在面前
我用一双醉眼重新阅读
夜夜怀念的内容早已被删减
想更正那些陌生而敌对的文字时
才发现这本书已在别人的书橱里

13

小城最大的诱惑
就是住着我的姐姐
十八座高山大步走过
姐姐在距山最近的脚窝里消瘦面颊
往事从何说起
离群索居的人在暗夜里饮酒

天昏地暗
所有的星辰倒下之后
一首诗拄着陈年老杖
对谁诉说步伐

14

繁星落尽。弃暗投明的姐姐
在岸边的水里显现
石头还没有从河底浮起
姐姐脆生生的笑脸早已
沉得很深。肩上除了重担
还承担着怎样的容颜

汲起的水，在姐姐圆圆的
桶里透明。接着就要
跟姐姐的乳一起
有一路颤巍巍的不平静了
没有汲起的水清澈地等待
等待再一次被姐姐带走的
好运气

姐姐转过身。岸上汪汪的湿痕
只能看见姐姐的背了
姐姐远去的背影是美的反面

如果选准了角度
会产生深不可测的魅力
风怎么也不能抚平水面
哗哗啦啦的躁动充分暴露了
一条河此时此刻的心情

15

小城里住着我的姐姐
麦苗从乡下的灶间绵延到
小城的门口。几十里的路程
长满几十里的阳光
我的姐姐在阳光的那头
回首往事。怀乡的河水
注满记忆的池塘

麦苗从乡下的灶间绵延到
小城的门口。这是春天
踩下的一串扎了根的脚印啊
阳光的那头，只要我的姐姐
叠一只小船，麦苗便会
背着小城向这边涌来

小城里住着我的姐姐
麦苗从乡下的灶间绵延到

小城的门口，绕一个弯
将小城团团围住了
我的姐姐站在窗前向这边
眺望。不知不觉被麦苗
淹没在春天里

16

黑夜降临。姐姐，我冻僵的诗歌
多么需要你的呵护
麦苗自风的手里接过最后一件外衣
麦苗系紧纽扣的眼神渗透了苦难
冬天是一朵花，冷冷地，冷冷地开放
姐姐，我在寒冷里竭力想一些
与你有关的美好的事情

黑夜降临。黑夜用细细的发
关怀每一个角落
房檐上滴落下星光
星光淋湿的草垛在我的怀想里
燃烧起来
我情不自禁给了自己一个嘴巴
姐姐，怀想里燃烧的草垛多么温暖

姐姐，我嚼着一个嘴巴蒂结的疼痛

想一些与你有关的事情

黑夜降临，从远处到近处

从近处到远处

像一支饱蘸墨汁的笔

几个来回

就把一个空间涂成黑压压一片

如果能把我咽不下的疼痛涂抹掉

多好啊！姐姐，黑夜降临

17

很深的夜里。我一个人坐在

梦的中心。好像还有花香

乡下的月光任我所用

而我想把月亮领回家中

倍受爱情宠爱的日子

我体弱多病。有时必须依靠

一个结结实实的吻才能挨过漫漫

长夜

姐姐，和你并肩融进乡下的春光里

多好！麦苗刚换上新衣

天气剥去冰凉的外壳初露温暖的

萌芽。一些鸟飞越群山

着手建造理想的巢

你面洁如玉。长长的发辫
垂过高高的肩背。你沿岸行走
夺目的倒影暗淡一条河里的天空
与你知遇，我不假思索
把属于我的那份春天捧出来

很深的夜里，我被桃花粉红的私语
吵醒，她们故意压低声音谈论春天的口吻
使我想起和你在黑暗中相守的幸福

18

是夜，河流酣睡，久远的风
裹走谁的梦呓
我的马儿止步。颈上的铜铃
说不出铜的声音

是夜，月光照亮后院。钟声孤单
仰面而卧的姐姐被寂静托起
一切与形体有关的美在月光里流露

是夜，神帜飘扬，天空的大门洞开
一千座坟茔坍塌成平地

我的马儿奋蹄狂奔。一朵云肢体分离
散失进更大的云里

是夜，鼓乐齐鸣，我的双耳失聪
姐姐背转身遮成密不透风的墙壁
我的马儿不见了。手里的缰绳
化作一道从未见过的强光

19

岁月里一再撼动我的是风
风赶着羊群走遍天下
我的姐姐慌不择路
闯进一座世俗的小屋作茧自缚
生活的闹钟频频响起
她少年的梦想转眼被油烟熏得乌黑

慌不择路的姐姐
没有谁在后面大呼小叫着追你
也没有谁挡住去路
迫你改变通往花园的方向
是一种什么样的伤激发你
手起刀落匆忙斩断长发飘飘的飞翔

如果能够，我多么想把姐姐

关闭了许久的风景打开

让树伸出叶子

让叶子接住来自天堂的阳光

姐姐啊，假如你的嗓门还没有

彻底嘶哑

这个干净的春天里

我情愿放弃写作的笔

与你找回那支淋湿过我们的歌

20

寒冷是冬天的常客

处在身强力壮的风里

回味生命中那些美好的瞬间

我像悲剧中坚不可摧的英雄

雨霜雪冰——我的四个姐姐

或者一个姐姐的四副表情

我们因为爱恋而惧怕相逢

我们因爱得太深而极力适应对方

冬天里，我偎着四个姐姐

依次走过旷野的时光多么漫长

冬天啊，我在旷野里迟迟不肯走开

是为了等待四个姐姐团结成一个

冬天里，我矢志不移的姐姐
曾经是柔情蜜意的水啊

21

我不否认有这样一些早晨
大雪封住家门
我圆起嘴巴向着冬天最薄弱的环节
呵一口气
然后躲进自己的温暖里往外走

大街上行人稀少
天空像一座废弃千年的花园
冷风扑面。驻足远望时
我不否认有一种举目无亲的感觉
浸透骨髓

我的姐姐款款走来
她一手把持的爱情再度开花
我朝花丛中的姐姐微笑
我不否认，此刻如果没有一个
穿棕色皮衣的人擦肩而过
我会失声呢喃出些什么

我的姐姐皮肤白皙
略去其他的部分
称得上天下最美的雪
我不否认我正在姐姐的雪里赶路
而且很快会迷失自己

冷风吹面。花丛里的姐姐
转眼飘落进记忆
大街上行人稀少
我不否认，这个早晨
我捡到又丢失了一件
御寒的棉衣

22

姐姐在黑暗中忆起我时的表情一定很美
月光灼疼树枝。一团温润的火
填平她窄窄的唇隙
姐姐无声的笑涌动房内所有的摆设
这是我处在春天里的姐姐
被我的爱保卫，又从我的爱里
突围出来的遍体鳞伤的姐姐啊
月光，请动用天下最深情的手
替我为瘦弱的姐姐轻轻掩起裸露的双肩
且不要惊动她来之不易的短暂的幸福

今夜高高的明月宽厚

她银子的长发关怀一切苦难的冰

距离是一张宽大的桌子

姐姐，我们坐下，让满天的星火

温暖我们无遮无拦的思念

倘若窗帘轻漾，檐下的鸟儿彻夜不眠

姐姐，从你的影子里走出来，洗净面庞

打扮成初次见你时的模样

也许今年的春风肯把我们吹进一只

饱满的蕾

让我们随一朵花灿灿烂烂地绽开

难挨的寂静深入骨髓

约定的钟声如期传诵

闭上眼把你的幻影披在身上

姐姐，我泊在思念中的额头的温度

远远超过了春天

23

可能的幸福转向春天

时光开启僵冷的蚌

我梦想多遍的事物隐约显现

在花的门前握着梳子和水

姐姐啊，我想学着春天的样子
敞开胸怀
精心为你梳洗打扮一番

逃难的鸟儿陆续归来
它们尘封的巢如久睡的眼睛
蓦然睁开。道路四通八达
仿佛随便择一条
都能抵达幸福的身边
姐姐，我在花的门前徘徊
披着连夜失眠的疲惫和憔悴
只有你吱呀打开骨朵走出来
我才能生机勃发

可能的幸福转向春天
我是窗帘上一只小小的风铃
稍有吹动就会道出此时的快乐
或者痛苦
我的脆弱缘于空洞的内心
姐姐啊，那么多日子张开利嘴
咬食我的思念
一个漫长的冬天之后
我还能拿什么支撑自己

24

是谁放纵了料峭的春寒
雪已远去
一块冰冷冷的指挥棒
压低了温暖的旋律

我是这个春天里最荒芜的人
满怀落叶。僵硬的躯体上
西装灰暗
没有一粒纽扣

靠在去年发白的草垛上
不声不响等一朵云飘过来
那些发白的山草突然复活了
绿绿的，让我感到了少年

25

姐姐，有限的时光里
我们共同沐浴的时光更加有限
两粒黑暗中涌动的水珠
刚刚被阳光连在一起
陡然跌落了
只有我们懂得

草丛下两个潮润的印痕
曾经是两朵开得最美的花

姐姐，我们行走于河的两岸
方向相同，步伐一致
影子卷进同一个旋涡
在河的两岸行走
稍微靠近
就有被河水冲走的危险

姐姐，没有阳光的日子
我们沐浴在我们的亲爱里
心比天高，胸比海阔
有限的季节带给我们无限的蓬勃

26

姐姐，我们谈谈那个孩子
那个聪明而又腼腆的孩子
沐浴在乡下的歌声里
那个乡下的孩子皮肤黑暗
不时闪出几缕星光

姐姐，那个孩子一个猛子
撞在河底的石头上

那个孩子在乡下流血时
你曾用清澈的泪水心疼过
并且说聪明而又腼腆的孩子啊
不要再一个猛子撞在河底的
石头上了

姐姐，我们谈谈那个孩子
让往事从手指开始
重新漫过我们的身体
如今，那个孩子的下颌
已长出厚厚的庄稼
夜深的时候
满腹学问在他的镜片上闪光

27

风中端坐着我的村庄
春暖花开。打扮一新的姐姐
在镜里藏起眨动睫毛的倩影
南风从早晨吹到傍晚
所有的事物都朝向温暖的方向

姐姐从村庄的深处走出来
像揭开果壳露出的核
嫩芽萌动，跟一年一度

的春天打成一片
迎面涌来的花瓣似的阳光
和前方铺展得平平整整的麦田
你们中的哪一个更关爱我的姐姐

村庄里走出的姐姐两眼明亮
脸上风吹不散的温柔像受了
无以回报的深恩
民歌高飞是心放飞的风筝
蓝天在上，溪水为酒
姐姐纷扬的长发是灼灼燃烧的
情丝

蓝天在上，溪水为酒
风中的村庄自豪地捧起我
美丽绝伦的姐姐
百花升起芬芳的祝福
百草挥动清香的手帕
风中的姐姐像村庄在春天里
出壳的灵魂

28

靠近爱情。爱情优美的
火焰击中我的诗歌

春光无限好。我要对
一篷长发说出我的热爱
飞翔的风。三月里
风啊，我要剪断我的翅膀
让幸福在我的周围绵延不尽

高尚的爱情，纯净的水
有幸沐浴其中，是神
最高的赐予。天地茫远
黑暗因着阳光抵达光明
姐姐啊，一只俊鸟
天黑出发天亮前返回
只有握住它的翅膀
才能窥知它神秘的行踪

路不在脚下。我以怎样的
攻势消灭那些距离
石头与水质地迥然
石头与水的撞击柔若花瓣
姐姐，你就是那些花瓣
从命运的高层若有若无地
朝我的额头飘落

我要在寒夜的深处
挑起一个庞大的故事

夜的面容黝黑
我要挑起的故事多么耀眼
让我回到故事的起点
回到还没有被风吹皱的寂静
爱情悬在高高的枝丫
像一场即将弥散的雪

29

透过黑暗，我看见
光明的籽粒
这是些无比珍贵的核
一旦发芽
就会铺天盖地生长起来

我在黑暗中徘徊
光明与我之间
隔着一层坚硬的壳
砸碎这壳
光明也会遍体鳞伤

姐姐，我要设法剥去这壳
我在光明的这边
你在光明的那边
黑暗中，一个人

和他的影子走来走去

30

姐姐，我执意坐成岛了
与海水为伍静守天空
和天空演变的时辰
不说一句话，任太阳
和星子们一次次
送来什么又带走什么

我的目光早已铺天盖地
随潮之涌动在一个角落里
泛滥成灾。如果你不厌倦我
荒凉的服饰，肯做一次
冒险的旅行，就请来吧

你的到来是一片黑黝黝的
土地，让我搁置千年的犁铧
重新擦亮埋头耕耘的快意
待两个锋面交汇出雨来
岩缝的黄金树冒出嫩芽
你肯定没有了返回的念头

面对辽阔的海面

面对鸥鸟飞翔的姿态

和鲨鱼耸出水面的脊梁

姐姐，你就躺成我的沙滩吧

每一次潮落我都捧给你

几枚美丽的贝壳

短章

三月桃花开

从路边桃花的笑脸
看出，我正在经历三月

三月桃花开。桃花
细细的蕊丝让人想到
一棵树的心尖

三月桃花开
一棵树的心随桃花
一起颤巍巍地敞开

三月啊，如果
我的心尖是一个人
我该如何度过这冷冷
暖暖的春天

如果

如果一个人埋在黑暗里
如果一个人在黑暗中发芽
开了一树的花。如果
一个人情不自禁公开了
这个事实。并多嘴说出
那是一种聚起你所有的灯
也撕不破的黑暗。你是不是
从此戒掉了走夜路的习惯
毅然决然，不由自主
还是不知不觉

崖上的树

屈曲。猥琐。看上去
它们这辈子并不想
有什么作为。就这么
守在那里，尤其是成群
结队地屈曲、猥琐地
守在那里。让人无端地
想到"森林"两个字
又无端地觉得它们
和森林有什么不同

高度

打眼就能认出山是
我们哪条血脉的亲人
我们爬山
山的嘴里念念有词
山在絮叨我们一步步
来到了山的哪个部位
在山顶上遥望
我们总是不由自主地
把山的高度算了进去

安宁

我睡下世界就安宁了
雄鸡准备唤醒我
床上的闹钟准备唤醒我
生活中的不愉快
时时刻刻都在唤醒我
我知道，它们唤醒我的
唯一目的就是要我承认
世上所有的不平静
都是我亲手造成的

在草坪

一只蚊子窃走我的血
把痒留下。我伸手拍死
两只在空中交配的蚊子
我的血还没有走远
可不可以解读为一起
血腥案件，罪犯被当场
击毙。我看见了我的血
那么红。让我对我的身体
顿生敬意

我们做个游戏吧

夜里睡着那么多人
我们做个游戏吧
把男女分开
把老少分开
倒退一公里
世界是不是变得
松松垮垮了
把黑暗中的尸骨搬来
为不能来的尸骨虚拟出
空间。想想看

你倒退到了哪里

在九月

在九月，你要准备好泪水
准备好到没有人的地方
大哭一场。没有人的地方
越来越少。保持的时间也短
你的泪水不要准备得太多
够哭一场就行，甚至不够
这样你就能随时将其擦干
随时把别人需要的幸福
挂在脸上。在九月，哭声
会羽化成翅膀，托你飞越
前行路上的又一座山岭

今夜我是一个贪嘴的孩子

如果我不睡去
夜晚就一直敞着
敞着一个人的夜晚
无异于豁着一座坟的墓地
今夜，我是一个贪嘴的孩子
执意让月亮这枚爱情的糖果

瓜熟蒂落，掉进我的口里
如果月亮不答应，我就
让那道豁口眼睛一样
在夜晚身上不停地眨啊
眨的

树在摇曳

树在摇曳。它要将日子
摇出些声色。一阵风
一股突如其来的力量
我听见树的血液哗哗流淌
再没有比风更能使树
激动不安的了。一簇
紧密团结的叶子。一双双
含满阳光、雨露的眼睛
风来的时候它们看见了什么
树在摇曳。日子多像
悬在树枝上的果子
只有晃动我们才能品尝
到它沉甸甸的滋味

初冬

树也怕冷。阳光终于

照到身上的时候，看上去
他们有那么多的委屈
不说话。也懒得动
只是用浑身的黄叶子
和绿叶子相互辉映着
时不时地落下一片

下雪

下雪是在人间强调一种
色泽。察觉这个秘密的人
正在人间受苦。天地间
飘满神的女儿。神的女儿
转眼不见了。扔下那么多
小衣裳，让我们的怀念
充满忧伤的力量

等

我也不知道我在等一个
什么样的声音
我的办公桌上有一部电话
这么多年，我要等的声音
一直没有传来

我的卧室里也有一部电话
半夜里电话铃清脆地响起来
我一个骨碌爬起身。我怀疑
没等我伸手便匆忙咽下的
那个声音就是我要等的声音

葡萄熟了

葡萄熟了。我用叶子
盖住最好的一粒
拥挤的人群里，我也是
一粒熟得很好的葡萄
谁来盖我
收葡萄了。我翻开叶子
抢先摘下被掩盖的那粒
别人都笑，说架上哪粒
都比我手里的熟得更透

情愿

退一步，柳绿花红
蜜蜂从没有蜜的角落
飞起来。阳光立刻为
一个空间补植甜情蜜意

辟谷、念心经
是失眠人做的事
把谷辟到身体外
把心经刻在手环上
火边舞袖的人啊
我情愿不要这令人
揪心的美
退一步，衣带充盈
一场聚会散场的
春天里，绿是你的
红也是你的

失语

这些年我很少说话
只是一个劲地想
想过一些地方
都没有去成
想了很多故事
迟迟没有发生
想着一个人
越想越模糊
那么多话挤在嗓门
该说的，不该说的
想说而说不出的

不想说却脱口而出的
我的嗓子哑了
这些年
我淹没进我的想里

鞘

我习惯了这黑
这黑中不眠的光亮
一把刀子，此刻
握在了谁的手中
我的身上有一个洞
与其说我在等待光明
不如说我在渴望
一把刀子把我充实

阳光

阳光照过来
从那么远的地方
从太阳身上
一点也看不出累
说，温暖
像对一个人的爱

跟随了那么远的
路程。受伤了
也不打算回来
一遍一遍说，幸福

这风

这风抚摸过你
又向我伸出手来
如果是真心把我们
撮合到一起
我会兴高采烈地
跟它谈谈
我。一个流浪者
一条小路。一个
前不着村后不着店
的归宿。我想不出
它能从我身上摸到
又会告诉你什么

天平

那些走在前面的人
远远地使大地倾陷

我们被抬升至高处
像天平失衡翘起的
一端。我们活得很轻
我们能否活出些分量
沉沉地，让天平反转
让倾陷到大地以下的人
月亮一样冉冉升起

灯

天一黑我的心就亮了
我的心不是一盏灯
却比灯照得更远，更真切
我的远在我的运程之内
我的真就是我的命
天啊，你每一次黑下来
知道我想说什么吗
告诉你吧我什么都不想说
我只盼着我的心亮起来
灯一样，照彻我

耳朵

我想说话

但没有找好耳朵
我朝远处远远地
望了一眼
我的话没了
我有理由相信
我的话被听走了
却一直没找到证据
远处，怎么看
都不像一只耳朵

平坦的夜晚

平坦的夜晚我一直在
等雨。我是这个夜晚
唯一背靠月亮等一场雨
从黑暗中急步走来的人
平坦的夜晚我渴望一场
急步走来的雨把房屋冲刷
让倾斜的房顶在雨水的
喧哗声中陡然直立起来
平坦的夜晚我把枪口对准
胸膛，让心脏在一粒子弹
的逼视下剧烈地跳动

城市

大街上商业依然盛行
我们主动乘上公交
被动地穿过城市干枯
的内心。移动广告
死皮赖脸地钉在眼前
一不小心我们就会
被挽住目光拽个趔趄
小妇人的耳坠硕大
闪闪的，与车里
褪色的吊饰一起摇晃
我们想咕哝点什么
可不可以梗着脖子
刻意抑制些什么

悲惨世界

你撒一个谎
让我跳进去
在你的谎里
我撒一个更大的谎
把你拉下来
如果你敢让你的谎

爱上我的谎

我就敢让我的谎

与你的喜结连理

生下无穷匮的

谎子谎孙，让你

母仪天下之谎

辽阔

河水沉趺。被托起的

岛上无人喧哗。在深秋

我所看到的河滩其实

是一些不好找平的高低

在高和低之间

如果是一簇摇晃的芦苇

水即便作为一位抹平的高手

也得借助风。风使芦苇倒伏

水眼疾手快，立刻用它的闪光

使劲摁了一下。深秋的河滩

出现了短暂的平整。有时候

平整就是辽阔